ठूंठ - एक उपन्यास

ठूंठ - एक उपन्यास

चरण सिंह गुप्ता

KALPAZ

ठूंठ - एक उपन्यास

ISBN: 978-93-5128--171-9

मूल्य : ₹ 190

भारत में सन् 2016 में प्रकाशित

कल्पाज पब्लिकेशन्स,

सी-30, सत्यवती नगर,

दिल्ली-110052

Phone: 9212142040

ई-मेल : kalpaz@hotmail.com

टंकण : राजेन्द्र वशिष्ठ, दिल्ली

मुद्रित : जी. प्रिंट प्रोसेस, दिल्ली

विषय-सूची

समर्पित

मेरी पत्नी में मेहमान नवाजी, सद्‌भावना एवम् रिश्तों को जोड़े रखने की प्रवर्ति रग–रग में समाई हुई है। वास्तविकता में तो यही है कि उनकी इसी प्रवर्ति के कारण ही भारतीय संस्कृति का आदरभाव एवम् देवो भवः की भावना मेरे पूरे परिवार के मन में भी रची/बसी हुई है। इसलिए मैं अपने पूरे परिवार का आभार व्यक्त करता हूँ क्योंकि मुझे उनके निश्छल व्यवहार एव निस्वार्थ भाव के विचारों तथा कार्यों से प्रभावित होकर उनके कारनामों को सांचे में ढालने की सामग्री एवं प्रोत्साहन मिलता रहा। अतः यह उपन्यास 'ठूँठ' इनको समर्पित है।

धर्मपत्नी
श्रीमति संतोष कुमारी गुप्ता,
पुत्र प्रवीण तथा पवन,
पुत्र वधु चेतना तथा अंजू,
पौत्री चक्षु,
पौत्र नयन, गर्व तथा यश
दामाद मनोज तथा पुत्री प्रभा
को
समर्पित

आर्शिवादन

एक रचनाकार अपने सोच, विचार, स्मृतियों एवम् कल्पना से अपने इर्द–गिर्द घटित हो रही घटनाओं को एक जीवन्तता प्रदान करता है। सृष्टि के साथ–साथ मनुष्यों द्वारा बनाए गए नियमों एवं कारनामों को एक रचनाकार, अपने कल्पना के माध्यम से, कविता, कहानियों या उपन्यास का रुप देकर समाज के साहित्य को उजागर करने का प्रयास करता है। इसी कड़ी की सर्जनता बढ़ाते हुए लेखक ने अपने उपन्यास ठूँठ द्वारा संतोष के प्रेमभाव, लगन, भगवान में आस्था, कोमल वाणी तथा नेकी की आदत को, अपने अथक प्रयासों से, बाँझ प्रायः, अपनी छोटी बहन के अलगावपन, अहसान फरामोश, हीनभावनात्मक शंकालू तथा ईर्षालू मिजाज को सही मार्गदर्शन देकर साबित कर दिया कि समाज का सर्जन आपसी तालमेल तथा सद्‌भावना पर आधारित होता है। इस सफलता में संतोष के पूरे परिवार का सहयोग भी सराहनीय है।

मुझे विश्वास है कि उनके भविष्य के कामों में भी शक्ति और कोमलता का सामान मिश्रण प्रर्दशित होगा। मैं उनको भविष्य के लिए तथा उनकी लम्बी आयु के लिए आर्शिवाद देता हूँ। बधाई और शुभ कामनाओं के साथ।

प्रोफेसर–ए.डी.एन. बाजपयी
कुलपति, एच.पी. विश्वविद्यालय
समयहिल, शिमला।

सर्जन

इस संसार में असंख्य मनुष्य विचरण करते हैं। परन्तु किसी की चाल–ढाल, रंग–रूप, रहन–सहन, खाना–पीना, औढना–पहनना, कद–काठी, सोच–विचार चेहरा–मोहरा, आदत, सामाजिक तथा आर्थिक दशा में समानता नहीं होती। आपस में इतनी विविधताएं होने के बावजूद उनमें एक समानता होती है कि अपना जीवन सुचारू रूप एवम् संतुष्टि से निर्वाह करने के लिए सभी को एक दूसरे पर निर्भर रहना पड़ता है। जीवन भर मनुष्य एकाकी अर्थात ठूँठ बनकर व्यतीत नहीं कर सकता। एक पड़ाव पर आकर उसे किसी न किसी के सहारे की जरूरत पड़ ही जाती है।

मेरा यह उपन्यास ठूंठ भी मेरी तरफ से एक ऐसा ही प्रयास है जिसको एक छोटी सी घटना ने जन्म दिया है तथा मेरे विचारों ने उसे पंख लगा दिए हैं। इसमें दर्शाया गया है कि कैसे कुंती द्वारा एकाकी जीवन व्यतीत करने की लाख कोशिशों के बावजूद अंत में परिस्थितियों वश उसे अपना अहंकार, द्वेष, अलगावपन अर्थात ठूंठपन त्यागना पड़ा।

भूमिका

जब कोई व्यक्ति किसी डाक्टर के पास अपना इलाज कराने जाता है तो डाक्टर दवाई लिखने से पहले या किसी नतीजे पर पहूँचने से पहले मरीज की विभिन्न प्रकार की कई जांच कराता है तथा कई प्रशन पूछता है। सबसे आखिर में डाक्टर मरीज से यह पूछना नहीं भूलता कि क्या आपके घर में वह बिमारी किसी और को तो नहीं। अगर वह बिमारी खुदा न खास्ता मरीज के माँ बाप को भी रही हो तो डाक्टर उसे पारिवारिक या पुस्तैनी बिमारी का नाम दे देता है। हालाँकि यह जरूरी नहीं है कि पुस्तैनी बिमारी परिवार के हर सदस्य को हो। कोई सदस्य इससे अछूता भी रह सकता है। यह तो रही पारिवारिक बिमारी की बात।

परंतु क्या कभी पुस्तैनी ठूंठपन भी हो सकता है?

ठूंठ का मतलब तो सभी समझते हैं कि एक सूखे पेड़ का तना अगर जमीन में गड़ा रह जाए तो उसे ठूंठ कहते हैं। उस ठूंठ में एक हरे भरे पेड़ की तरह चेतना नहीं होती। वह फल फूल नहीं सकता। कटी डालियों के कारण उस पर बैठकर कोई पक्षी चहकता नहीं।

इसके विपरित मनुष्य की चेतना कभी सूखती नहीं, उसके मरने तक कभी खत्म नहीं होती। जीते जी वह ठूंठ नहीं बन सकता और अगर बन भी जाए तो उसके ठूंठपन का इलाज किया जा सकता है। फिर भी इलाज के लिए यह आवशयक हो जाता है कि वह व्यक्ति विशेष अपने ठूंठपन को हरियाली में बदलने की मंशा रखता हो। अर्थात समाज में एक दूसरे का सहारा बन कर हँसी खुशी जीवन व्यतीत करने का इच्छुक हो। ठीक उसी प्रकार जैसे एक घोड़े को जबर्दस्ती पानी के किनारे तक तो ले जाया जा सकता है परंतु उसे पानी पीने कि लिए बाध्य नहीं किया जा सकता। घोड़ा पानी तभी पियेगा जब उसकी मंशा होगी।

श्री राम सहाय गुप्ता एक सरल एवं सादा जीवन व्यतीत करने वाले इंसान थे। वे भरपूर सज्जन, मृदुलभाषी, कोमल हृदय, उत्तम आचरण एवं घर में आए मेहमान को देवता स्वरूप समझते थे। इन सबके बावजूद उनके घर में हमेशा कलह का साम्राज्य रहता था। उनका एक मात्र पुत्र संत राम अपने पिता से कभी सहमत न हो पाया। इसी प्रकार संत राम के तीनों पुत्र भी अपने पिता को एक आँख देखना पसन्द नहीं करते थे। इसीलिए वह सबसे अलग रहकर एक ठूंठ की तरह एकाकी जीवन जीने के लिए मजबूर था। यही पुस्तैनी आदत या कहो ठूंठपन राम सहाय जी की सबसे छोटी लड़की कुंती में ठूंस ठूंस कर भरा था। वह इस आदत को बदलने की भी इच्छुक नहीं थी।

अब उसका इकलौता लड़का सागर, अपनी माँ को विरासत में मिला ठूंठपन, अपनी झोली फैलाए लेने को तैयार खड़ा था।

कैसे ......?

समीक्षा

'ठूँठ' मन की उड़ान पर आधारित एक पूरक उपन्यास है। इसको दस भागों में विभाजित किया गया है और इस का हर भाग इसके मुख्य पात्र कुंती के, समय अनुसार बदलते चरित्र, सोच एवं विचारों का विश्लेषण बहुत ही मार्मिक ढंग से प्रस्तुत करता नजर आता है।

उपन्यास के प्रारम्भ में, एक मनुष्य में ठूंठता क्या होती है को बहुत ही सरल एवं प्रभावकारी ढंग से समझाया गया है कि जैसे एक तरूवर बिना नलाई, गुड़ाई तथा सिंचाई के ठूंठ बन जाता है वैसे ही एक सम्पूर्ण औरत उसके अंदर इच्छा जाग्रति की कमी के कारण बाँझपन को धारण कर लेती है। परन्तु जहां एक ठूंठ बने तरूवर को दोबारा हरा नहीं किया जा सकता वहीं एक औरत की इच्छा शक्ति जाग्रत करा कर उसका बांझपन अर्थात ठूंठपन दूर किया जा सकता है।

कुंती के बच्चे के नामकरण के समय संतोष द्वारा भगवान का आशीष मानकर आशीष नाम सुझाना उपन्यास के मूल पहलू को गरिमा प्रदान करता है 'एहसान फरामोस भाग' वर्षों तक बाँझ रह चुकी माँ के ह्दय की उस तह को उजागर करता है जो किसी कीमत पर भी किसी दूसरे का अपने दुलारे पर साया या

स्नेह तक सहन नहीं कर सकती चाहे वह वही औरत क्यों न हो जिसके अथक प्रयासों से उसकी गोद भरी थी अर्थात वह माँ बन पाई थी।

विघटनकारी के तहत यह तथ्य सामने आता है कि किस प्रकार अपने बच्चे को केवल अपने तक ही सीमित रखने के लिए एक औरत अपने सभी रिश्तेदारों का त्याग करने पर उतारू हो जाती है। यहाँ तक की अपने पति को भी दरकिनार करके आश्वस्त हो जाना चाहती है कि उसके इकलौते पुत्र पर किसी और की सहानुभूति या प्रभाव का कोई रंग न चढ़ने पाए।

जब खुली लगाम की घोड़ी को काबू करना ही मुश्किल हो जाता है तो बे–लगाम की घोड़ी को रास्ते पर लाना तो ना–मुमकिन हो जाना स्वभाविक है। बे–लगाम की घोड़ी पर तो पार तभी पाया जा सकता है जब वह ठोकर खाकर या थककर चूर होकर अपने आप रूकने पर मजबूर हो जाए।

एक माँ अपने हर बच्चे की जीवन शैली बखूबी पहचान लेती है। इसीलिए संतो की माँ ने 'अपने पूत के पाँव पालने में देखकर' अपनी बेटियों को पहले ही आगाह कर दिया था कि उसके बाद अगर उन्हें पीहर नसीब न हो तो दिल से मत लगाना। इससे उनकी बेटियों को ठेस नहीं पहुंची जब उनका कथन सत्य निकला।

एक कहावत है नेकी कर कुँए में डाल। इसी उद्देश वाले बहुत से मनुष्य मिल जाते हैं। संतो, करण और उनका परिवार भी उन्हीं में से एक है। इसी असूल को अपनाते हुए करण एवं संतो ने कुंती के एक बार कहने मात्र से ही पुरानी रंजिश की बातों पर मिट्टी डालकर उसके लड़के सागर का विवाह सुचारू रूप से सम्पन्न करवाने की ठान ली।

कुंती के घर पर विवाह का खुशनुमा माहौल बनाने के लिए पहुंचा करण का परिवार कुंती ओर उसके लड़के को एक आँख न भाया। घर में आए मेहमानों से पार पाने के लिए कुंती ने 'खाऊँ पाडूँ मानस की सी बांस' का रूख अपनाकर स्वंय, अपने वफादार अशोक तथा पुत्र सागर द्वारा उनका अनादर कराने में कोई कसर नहीं छोड़ी। परन्तु मेहमान अपना ध्येय सम्पन्न होने तक सब कुछ चुपचाप सहन करते रहे। यहाँ तक कि कुंती के घर से विदा लेते समय उसके तथा सागर द्वारा प्रदर्शित नंगपने का भी उन्होंने कोई जवाब नहीं दिया।

अपने घर आकर करण ने एकांत में बैठकर पूरे प्रकरण पर चिन्तन किया तथा अपने आप में संतुष्ट हो गया कि उसकी तरफ से कोई प्रतिरोधक रवैया नहीं अपनाया गया था। कुंती के व्यवहार से संतो की दिमागी हालत पर गहरा प्रभाव पड़ा। एक बार फिर वह मनोवैज्ञानिक दृष्टि से बीमार हो गई। और उसे संभालना मुश्किल हो गया।

परन्तु परिस्थितियाँ हमेशा एक जैसी नहीं रहती समय के साथ ज्यादती, असत्य, अहंकार, द्वेष एवं घृणा का अंत अवश्य होता है। निस्वार्थी एवं निर्दोष व्यक्तियों की सहायतार्थ भगवान भी हमेशा कुछ ऐसा चक्र चलाता है कि दोषी व्यक्ति अपने ऊपर ग्लानी महसूस करने लगता है और मजबूर होकर अपनी गलती का इजहार करके पश्चाताप करने पर मजबूर हो जाता है।

ठूँठ उपन्यास के लेखक ने भी यही दर्शाया है कि जब तक कुंती चापलूस वफादारों से घिरी रही तब तक उसे समाज और रिश्ते नातों की अहमियत का ख्याल ही न आया परन्तु जब एक एक करके चापलूसों का जमावड़ा समाप्त हो गया और अपने पुत्र सागर की शादी के बाद रात बिताने के लिए वह अकेली रह गई तब उसे महसूस हुआ कि अकेलापन अर्थात ठूँठपन कितना भयानक होता है। ऐसे ही कुछ और घटना चक्रों के घटने से

कुंती अपना अकेलापन सहन न कर सकी और एक बार फिर अपना ठूँठपन छोड़ उसे अपनी बहन संतो को मिलने का संदेशा भेजना पड़ा।

हालांकि समय के बहाव के साथ अब कुंती के व्यवहार में काफी परिवर्तन आ गया है परन्तु कहावत है कि पुरानी आदत एवं लत आसानी से जड़ से समाप्त नहीं होती। परन्तु भगवान की लीला अपरम्पार है। उसने हर प्राणी का भविष्य छिपाकर रखा है। कब किसके साथ क्या घटित हो जाए कोई नहीं जानता। कुंती के साथ भी ऐसा ही कुछ हुआ और वह ठूँठपन छोड़ने के लिए मजबूर हो गई। इसीलिए अब लेखक के साथ–साथ मैं भी भगवान से करबद्ध प्रार्थना करती हूँ कि कुंती की सदबुद्धी को बनाए रखे और हमेशा के लिए कुंती के ठूँठपन का अंत करने में सहायक बनें।

चेतना मंगल
स्नातकोत्तर (हिन्दी)
बी. एड.

1
ठूँठ

सन् १६८५ का अप्रैल का महीना शुरू हो गया था। ज्यों ज्यों इस महीने के दिन व्यतीत होते जा रहे थे संतोष का उतावलापन बढ़ता ही जा रहा था। आधा माह बितने के बाद तो वह घर में लगे टेलीफोन की हर घंटी पर भागकर उसे सबसे पहले उठाने की होड़ में लग गयी थी। उसके लिए अब कोई भी दिन, कोई भी पल बहुत ही महत्त्वपूर्ण खुशी लाने वाला था। इन दिनों को देखने के लिए संतोष ने अपना तन, मन, धन, यहां तक की अपने विवाहित जीवन की खुशियों को भी ताक पर रख दिया था। आजकल में अर्थात किसी भी पल संतोष की छोटी बहन कुंती अपने विवाहित जीवन के बारह वर्ष व्यतीत करने के बाद माँ बनने वाली थी। उसे पूरे दिन हो चुके थे तथा वह प्रसव के लिए ग्वालियर अस्पताल में भर्ती हो चुकी थी।

जब कुंती सब ओर से निराश हो चुकी थी तो संतोष ने अपनी छोटी बहन की दुविधा तथा एक औरत के जीवन के खालीपन को भरवाने का बीड़ा उठाया था। संतोष बहुत सी औरतों से मिली तथा पता किया कि कहाँ, कैसे और कब इलाज कराना उचित

रहेगा। ईश्वर की दया तथा संतोष के अथक प्रयासों से एक होनहार बुजूर्ग दाई मिल गयी। रानी बाग में रहने वाली यह दाई इस काम में बहुत दक्ष तथा दूर–दूर तक प्रसिद्द थी। संतोष अपनी छोटी बहन कुंती को साथ लेकर इलाज कराने की मंशा से रानी बाग पहुँच गयी। अनजान दो औरतों को अपने द्वार पर आया देख दाई भागवंती ने पूछा, "किससे मिलना है?"

संतोष ने आगे बढ़कर कहा, "भागवंती से मिलना है।"

भागवंती ने पहले संतोष को फिर कुंती को सिर से पैर तक अपनी नजरों से नापते हुए, "कहो क्या बात है, मैं ही भागवंती हूँ"

"आपका नाम सुनकर हम राजा गार्डन से आई हैं।"

"सो तो ठीक है परन्तु पता तो चले की आप किस कारण आई हैं? वैसे मेरा नाम व पता आपको किसने बताया है?"

"राजा गार्डन में ही रहने वाली मेरी एक सहेली उषा ने मुझे आपका नाम व पता बताया था तथा कहा था की आपके द्वारा संतान होने का दिया नुख्सा बहुत कारगर सिद्ध होता है।"

"आप किसके लिए आई हैं?"

"यह मेरी छोटी बहन है, इसके लिए।"

भागवंती ने दोनों बहनों को अन्दर बैठा कर उनसे कुछ जानकारी लेनी शुरू कर दी। उसने कुंती से मुखातिब होकर पूछा, "आपकी शादी को कितने वर्ष हो गए हैं?"

"बारह साल।"

"मासिक धर्म कैसा है?"

"समय पर आता है।"

"आपका आदमी कहाँ है?"

"आगरा में नौकरी करते हैं।"

"आप कहाँ रहती हो?"

"ग्वालियर।"

"आपस में कितने दिन बाद मिलते हो?"

"हर हफ्ते शनिवार और रविवार को।"

"पति पत्नी का रिश्ता कितने दिनों बाद निभाते हो?"

"जब वे चाहें।"

"क्यों तुम्हे पहल करने की कभी इच्छा नहीं होती?"

कुछ झिझकते हुए, "हुँ, नहीं।"

"अच्छा मैं दवाई दे रही हूँ। रोज शाम का खाना जल्दी खाकर सोने से एक घंटा पहले इसका सेवन कर लेना। फिर एक महीने बाद बताना कि तुम्हारे अन्दर कुछ जाग्रति पैदा हुई या नहीं?"

इसके बाद भागवंती ने दो बार और दवाई दी परन्तु कुंती की जाग्रति में कोई सुधार नहीं आया । संतोष दिन प्रतिदिन हताश होती जा रही थी । जब तीन महीने में भी कुंती में कोई बदलाव नहीं आया तो संतोष ने बड़े उदास मन से भागवंती से पूछा, "क्या और कोई जरिया नहीं है जिससे कुंती में जाग्रति पैदा हो सके?"

"देखो तुम्हारी बहन तथा तुम्हारे जीजा जी में किसी प्रकार की कोई कमी नहीं है। दोनों बच्चा पैदा करने में सक्षम हैं।"

"तो फिर क्या रूकावट है।"

"रूकावट है तुम्हारी बहन का ठूंठपन।"

"ठूंठपन अर्थात?"

"तुम्हारी बहन एक ठूंठ के समान है।"

"मैं इसका मतलब नहीं समझ रही हूँ। आप कहना क्या चाहती हैं?"

"तो ध्यान से सुनो। जैसे एक पेड़ जब सूख जाता है तो हम उसे ठूंठ कहते हैं।"

"हाँ।"

"ऊपर से सूखते–सूखते पेड़ की जड़ें भी सूखने लगती हैं।"

"हाँ।"

"अगर समय पर सूखते पेड़ की देखभाल करके उसकी जड़ों की गहराईयों की नलाई, गुड़ाई तथा दवाई का ठीक से मिश्रण बनाकर सींच दिया जाए तो पेड़ फिर हरा होने लगता है।"

"हाँ, सो तो ठीक है। आप तो पहेलियाँ सी बुझा रही हों। साफ–साफ बताओ की क्या बात है?"

"मैं आपको पूरी स्थिति समझाने के लिए ही ऐसा कह रही हूँ।"

"ठीक है आगे समझाओ।"

"ठीक उसी तरह जैसे धीरे–धीरे एक पेड़ ठूंठ बन जाता है उसी प्रकार तुम्हारी बहन भी ठूंठ बन गयी है।"

भागवंती की बात सुनकर संतोष बहुत निराश हो गई तथा हतोत्साहित होकर उसने अपनी गर्दन नीची कर ली। उसका दिल भर आया। अभी उसकी आँख से दो आंसू टपके ही थे की उसे भागवंती के हाथों का स्पर्श अपने कंधो पर महसूस हुआ। भागवंती ने एक हाथ से संतोष का चेहरा ऊपर उठाते हुए कहा, "अभी इतना निराश होने की आवश्यकता नहीं है। अभी एक रास्ता है।"

भागवंती के मुख से यह सुनकर की अभी एक रास्ता है संतोष का चेहरा एकदम खिल उठा। जैसे बुझते चिराग में घी डाल देने से उसकी लौ फिर चमकने लगती है उसी प्रकार भागवंती के "रास्ता है" कहने मात्र से संतोष का दिल जोर–जोर से धड़कने लगा। उसने बड़े उतावलेपन से पूछा की वह रास्ता क्या है और

बड़ी बे–सब्री से भागवंती का उत्तर पाने के लिए उसका चेहरा निहारने लगी।

भागवंती ने संतोष के चहरे पर अपनी नजरें गड़ाकर कहा, "शायद वह रास्ता तुम अपना न सकों"।

संतोष जो अपनी बहन के लिए कुछ भी करने को तत्पर थी, बड़े आत्मविश्वास से बोली, "मैं अपनी बहन की गोद हरी देखने के लिए कुछ भी करने को तैयार हूँ"।

संतोष को भावविभोर देखकर भागवंती सीधे अपने लक्ष्य पर आई तथा बोली, "संतोष इसके लिए तुम्हे अपनी शर्म–हया उतारनी पड़ेगी।"

भागवंती की बात सुनकर पहले तो संतोष को एक झटका सा लगा कि न जाने वह क्या करवाएगी परन्तु अपनी बहन के लिए सब कुछ करने को तैयार उसने झट से पूछा, "बताओ मुझे क्या करना होगा"?

"पहले अपनी बहन के ठूंठ–पन की वजह अच्छी तरह जान लो। फिर मैं बताऊंगी कि तुम्हे क्या करना है।"

"ठीक है", संतोष अपना ध्यान भागवंती की बातों पर केन्द्रित कर देती है।

"अपने आदमी के साथ रहते हुए कुंती में जाग्रति नाम मात्र को भी नहीं आती।"

"क्यों?"

"क्योंकि, माफ करना, उसका आदमी कुंती की उस जड़ तक पहुँचने में असमर्थ हो जाता है। अर्थात वह उस गहराई तक नहीं पहुँच पाता जो एक औरत को गर्भवती बनाने के लिए अति आवश्यक है। वैसे दोनों में कोई कमी नहीं है। अब अपनी बहन में जाग्रति व चेतना जगाने के लिए तुम्हे क्या करना है उसे ध्यान से सुनो।"

"क्या कुंती तुम्हारे यहीं रहती है?"

"हाँ, अभी यहीं रह रही है।"

"उसका मर्द कब आएगा?"

"परसों यानी शनिवार को।"

"तो ऐसा करना कि शुक्रवार को तुम दोनों बहने एक कमरे में साथ–साथ चारपाई डालकर सोना।"

"हम दोनों तो रोज ही एक कमरे में सोती हैं।"

"ठीक है। अब शुक्रवार को अपने आदमी से कहना कि वह चुपके से रात को तुम्हारे पास आ जाए।"

संतोष शर्मा कर, "मै..ड...म........।"

"मैंने पहले ही कहा था कि अपनी बहन की खातिर तुम्हे अपनी शर्म हया उतारनी पड़ेगी अतः जैसा मैं कह रही हूँ सुनती जाओ तथा उस पर अमल भी करना है। तुम दोनों को उस रात वहां एक पति व पत्नी का रिश्ता पूरे जोश के साथ निभाना होगा। अगर तुम्हारे ऐसा करने से कुंती के शरीर में कुछ बेचैनी तथा हलचल होने लगती है तो समझ लेना कि तुम्हारी मनोकामना पूर्ण होने में कोई संदेह नहीं रहेगा। तुम्हारी बहन की सूखती जड़ को सिंचाई मिल जाएगी और उसके फलने फूलने का रास्ता साफ हो जाएगा।"

अपनी बहन को संतान देने को हर प्रकार से तत्पर संतोष ने अपनी शर्म हया को भी न्यौछावर कर दिया। और राघव जी, कुंती के पति, के आने के एक महीने बाद जब यह पक्का हो गया कि कुंती गर्भवती हो गई है तो उसकी खुशी का पारावार न रहा था।

पिछली रात को संतोष आराम से सो भी न पाई थी। हर छोटी सी आहट पर वह उठ बैठती। उसकी नजर व कान

टेलीफोन की घंटी पर केन्द्रित थे। सुबह के साढ़े सात बजे थे की घर के टेलीफोन की घंटी टन टनाई। संतोष जो सारी रात से इसका इंतजार कर रही थी ने भागकर टेलीफोन का चोगा उठा कर अपने कान पर लगा लिया। उसकी साँस धौकनी की तरह चल रही थी। पता नहीं क्या खबर मिलने वाली है सोचकर वह टेलीफोन का चोगा थामे चुपचाप ऐसे ही खड़ी रही।

जैसे ही उधर से आवाज सुनाई पड़ी कि लड़का हुआ है। संतोष सब कुछ भूलकर नाच नाचकर जोर–जोर से चिल्लाने लगी, मैं माँ बन गयी, मैं बड़ी माँ बन गयी। भगवान ने मुझे एक और बेटा दे दिया है। उसकी गर्दन तथा दोनों हाथ ऊपर आकाश की और उठ गए और मुंह से निकला, "तेरा लाख–लाख शुक्र है भगवान"।

अब संतोष जल्दी से जल्दी ग्वालियर पहुँचना चाहती थी। उसने अपने पति करण से कहा, "अब मुझे ग्वालियर जाना होगा।"

"क्यों?"

"कुंती की देखभाल करने वाला वहां कोई नहीं है।"

"तुम चिंता क्यों करती हो। उसकी देखभाल करने को वहां बहुत से लोग हैं।"

"नहीं वहां इस समय अकेली मेरी माँ ही है।"

"और सब कहाँ गए?"

"आपको तो मालूम है कि मेरी भतीजी सुनीता की शादी आगरा से हो रही है। इसलिए सभी आगरा गए होंगे।"

"अरे हाँ ! तुम्हें भी तो आगरा जाना होगा?"

"हाँ वहीं से मैं ग्वालियर चली जाऊंगी। क्योंकि और तो सभी एक दो दिन रूककर सारा काम निबटा कर ग्वालियर पहुंचेंगे।"

अपनी भतीजी की शादी में सम्मिलित होकर संतोष अपनी बहन कुंती की देखभाल करने ग्वालियर चली गयी तथा उसके लड़के को देखकर भाव विभोर हो गयी।

लड़के की छटी पूजने का दिन था। सब और खुशी का माहौल था। आज लड़के का नाम करण संस्कार भी होना था। संतोष ने अपनी बहन कुंती से पूछा, "अपने मुन्ने का क्या नाम सोचा है?"

"उनसे ही पूछ लो।"

जब संतोष ने राघव जी से पूछा तो उन्होंने बड़ी ही आत्मीयता से बोला, "यह लड़का आपकी ही देन है अतः आप जो भी नाम सुझाओगी मुझे मंजूर होगा।

"यह मैनें नहीं भगवान ने इसे कुंती की झोली में डाला है"।

"फिर भी आप ही के अथक प्रयासों से यह हमें हासिल हुआ है। इसलिए आपको पूरा हक बनता है कि इस लड़के का नाम आप ही रखें"।

संतोष ने अपनी दुविधा का निवारण अपने पति करण की सलाह से लड़के का नाम 'आशीष' रखकर कर दिया। आशीष नाम सभी को पसंद आया क्योंकि वास्तव में ही इस लड़के के लिए सैंकड़ों लोगों की दुवाओं ने काम किया था और शायद उन सभी की प्रार्थना के कारण ईश्वर ने आशीष के रूप में कुंती को यह रत्न प्रदान किया था।

2
एहसान फरामोश

पता ही न चला कि दो वर्ष कब बीत गए। बीच–बीच में अपने अनुभव के कारण संतोष अपनी बहन कुंती से आशीष के बारे में वार्तालाप कर लेती थी।

"मेरा बेटा कैसा है, बहन?"

"स्वस्थ है।"

"अब तो बैठने लगा होगा?"

"हाँ थोड़े सहारे से बैठ जाता है।"

"अब तो गुडलियाँ चलने लगा होगा?"

"हां कभी–कभी उठने की कोशिश भी करता है।"

"एक साल का होने जा रहा है अब तो चलना शुरू कर देना चाहिए था। लगता है मेरे बेटे का ठीक से ख्याल नहीं रखती। कमजोरी होने से बच्चा चलने में देरी लगा देता है।"

"नहीं ऐसी तो कोई बात नहीं है। हाँ पर वह दाँत निकाल रहा है।"

"चलना सीखने से पहले दाँत निकालने से चलने में बाधा उत्पन्न हो जाती है। वैसे डाक्टर से पूछ कर आशीष को क्लकेरिया फास की गोलियां दे दिया कर। इससे बच्चे के दांत बिना किसी तकलीफ के निकल आते हैं।"

"ठीक है मैं कल ही डाक्टर से बात करके गोलियां मँगा लूंगी।"

"वैसे अपने बेटे को देखे बहुत दिन हो गए हैं। राघव जी तो आते ही रहते हैं कभी आशीष को लेकर तू भी साथ आजा।"

"देखूंगी जब भी मौका मिला आ जाऊंगी।"

इस तरह की न जाने कितनी ही बातें दोनों बहनों के बीच होती रहती थी। एक बार राघव जी अपने आफिस के काम के सिलसिले में देहली आए थे। जैसा की वे अमूमन करते थे इस बार भी वे करण एवं संतोष से मिलने उनके घर चले गए। दुआ सलाम की औपचारिकता के बाद वे पलंग पर लेट गए। उनके चेहरे से लग रहा था की वे बहुत थके हुए थे। मन में उत्तेजना के साथ साथ वे अन्दर से कुछ टूटे हुए से नजर आ रहे थे। उनकी हालत देखकर संतोष ने घबराकर पूछा, "भाई साहब क्या बात है तबीयत ठीक नहीं है क्या?"

"नहीं नहीं ऐसी कोई बात नहीं है।"

"फिर आपके मुख पर ऐसी निराशा क्यों झलक रही है? आपका चेहरा तो हमेशा खिला रहता था।"

"लम्बे सफर से थोड़ा थक गया हूँ। आराम करने से अभी ठीक हो जाऊंगा।"

"मेरा बेटा आशीष कैसा है?"

"ठीक है स्वस्थ है। अपनी मौसी की बहुत याद करता है।"

संतोष ने आशीष पर अपना हक जमाते हुए, "मुझे याद क्यों नहीं करेगा मेरा आशीष और सुनो मैं उसकी मौसी नहीं उसकी बड़ी माँ हूँ।"

संतोष की बात सुनकर राघव के चेहरे पर पल भर को मुस्कान बिखर गयी परन्तु जल्दी ही वह विचारों में मग्न हो गया।

"क्यों क्या बात है? आपके मन में अवश्य कोई दुविधा है। बताओ न क्या है?"

"राघव कुछ झिझकते हुए, नहीं ऐसी कोई बात नहीं है।"

"तुम्हे मेरी कसम बताओ। सब कुशल तो है?"

"हाँ हाँ सब कुशल मंगल है।"

"बात तो जरूर कुछ है" संतोष ने बड़ी अधीरता से पूछा, "मुझे अब सहन नहीं हो रहा इसलिए जल्दी से बता दो।"

राघव भी अब अधिक देर तक अपने मन की बात बताने को रोक नहीं पा रहा था अतः बोला, "अब हमने आशीष ....। परन्तु वह अपनी पूरी बात बताने से हिचक गया।

संतोष ने कुछ विचलित होकर पूछा, "अब आपने आ..शी..ष. .... के साथ क्या किया? जल्दी बताओ मेरा दिल निकला जा रहा है?"

"हमने आशीष के साथ कुछ नहीं किया।"

"फिर आशीष का नाम लेकर आप चुप क्यों हो गए? जल्दी बताओ।"

"आप अधीर न हों। आशीष कुशलपूर्वक है", फिर राघव जी जैसे बड़ी मुश्किल से बता पा रहे हों कहने लगे, "हमने उसका. ..उसका...उसका नाम आशीष से बदल कर सागर रख दिया है।"

राघव की बात सुनकर संतोष के मन का उफान, उतावलापन एवम् जिज्ञासा एकदम शांत हो गई। संयम बरतते हुए वह बोली, "बस इतनी सी बात।"

"भाभी जी आपका सुझाया हुआ नाम आशीष वास्तव में ही हमारे लिए हर प्रकार से अशीष ही था। मुझे यह नाम बहुत पसन्द आया था।"

संतोष ने अपने मन की विशालता दर्शाते हुए जवाब दिया, "कोई बात नहीं, सागर तो उससे भी विशाल और सुन्दर नाम है।"

ऐसा लग रहा था कि राघव को अपने बेटे का नाम बदलने का बहुत अफसोस था तथा वह अपने को गुनाहगार जैसा समझ रहा था परंतु साथ में वह अपने को मजबूर महसूस कर रहा था। तभी तो वह बोला था, "मुझे पता नहीं क्यों? कुंती को समय के साथ–साथ आशीष नाम से चिढ होने लगी थी"

करण जो चुपचाप अभी तक दोनों की बातें सुन रहा था राघव के दिल की तड़प तथा संतोष के मन की उदासीनता, जो उसके चेहरे पर साफ झलक रही थी, को भाँपते हुए बोला, "मैं जानता हूँ कि कुंती का विचार क्यों बदला होगा।"

राघव तथा संतोष दोनों एक साथ करण का चेहरा ऐसे देखने लगे जैसे पूछना चाहते हों, "आप क्या तथा कैसे जानते हैं?"

"जब घर वाले, आस पड़ौस के तथा तुम (संतोष) कुंती के लड़के को आशीष कहकर पुकारती होंगी तो इस नाम को सुनकर उसके दिमाग में हथौड़े से बजने शुरू हो जाते होंगे", कहकर करण ने अपने साडू राघव की तरफ ऐसी निगाहों से देखा जैसे पूछ रहा हो, "क्यों है न यही बात?"

राघव जी पहले तो कुछ सकुचाए तथा बात को टालने की कोशिश करने लगे परंतु करण के जोर देने पर उन्होने हामी

भर ली कि ऐसा ही कुछ हुआ था। जब संतोष तथा करण ने मिल कर आग्रह किया कि वे पूरा किस्सा विस्तार से खुद ही सुना दें तो राघव ने कुछ ऐसा बयान किया।

एक दिन भाभी जी का फोन सुनने के बाद कुंती मेरे पास झल्लाई हुई आई तथा बोली, "देखो जी अब मुझे और सहन नहीं होता।"

मैं कुंती की बात का सिर पैर कुछ नहीं जानता था इसलिए पूछा, "क्या सहन नहीं होता?"

"संतोष का यह आशीष आशीष चिल्लाना।"

"भाभी जी हमारे बेटे का नाम ही तो लेकर उसके बारे में कुछ पूछती होंगी। फिर इसमें चिल्लाना कहाँ से आ गया?"

"मेरा त्तात्पर्य यह है कि उसकी ममत्व भरी आवाज से आशीष कहना मुझे बिलकुल नहीं भाता।"

मैनें कुंती को याद दिलाया, "उन्होने आशीष के होने में कितनी मुसीबतों का सामना किया था। उनके बिना सहयोग के क्या तुम यह दिन देख सकती थी।"

कुंती पहले की तरह झल्लाकर बोली, "मैं मानती हूँ कि उन्होने ऐसा किया है।

"मेरे विचार से तो यह लड़का हमें उन्हीं की देन है।"

"मैं सब मानती हूँ।"

"भाभी जी तो हमेशा इसे अपना ही बेटा समझती हैं।"

"मैं जानती हूँ परंतु मैं अपने ममत्व के अलावा किसी और के ममत्व का रंग अपने बेटे पर चढवाने के सख्त खिलाफ हूँ। यह मेरी बर्दास्त से बाहर की बात है।"

"क्या मतलब?"

"मतलब साफ है। जब भी मेरे लड़के को कोई आशीष के

नाम से बुलाता है तो मुझे ऐसा प्रतीत होता है जैसे यह मेरा अपना लड़का नहीं है। यह पराया है। यह हमारे पास किसी की देन है। मैं इससे निजात पाना चाहती हूँ। मैं भूल जाना चाहती हूँ कि इसे पाने के लिए मैनें क्या, कब, कैसे तथा किसने क्या किया था। मैं अपने लड़के का नाम बदल देना चाहती हूँ।"

"नाम बदलने से क्या होगा, सत्य को तुम कैसे नकार सकती हो?"

"आशीष सुनने से मुझे हर बार इस बात का एहसास होता है कि यह मुझे किसी का अशीष है। नाम बदलने से केवल खाली समय में कभी–कभार इस शब्द की याद आएगी। और समय के साथ–साथ वह भी मध्यम पड़कर समाप्त हो जाएगी।"

राघव ने हताश होकर कहा, "भाभी जी कुंती के आगे मेरी एक न चली मैनें हारे हुए सैनिक की तरह हथियार डाल कर उसके सामने आत्म समर्पण कर दिया और आशीष का नाम बदलकर 'सागर' रख दिया। कुंती के कहने से मैनें अन्दाजा लगा लिया कि वह वास्तव में ही एक ठूँठ के समान है जिसके दिल में किसी के किए गए एहसान के बदले में कोई जाग्रति नहीं। इसीलिए कह रहा हूँ कि कुंती एहसान फरामोश है।"

3
विघटनकारी

कुंती को माँ बने लगभग तीन साल हो गए थे। वह अब अपनी ससुराल बिजनौर में रह रही थी। राघव जी आगरा में तैनात थे। एक दिन वे अपने आफिस के किसी काम से देहली में दौरे पर आए तो करण से मिलने, जैसा वह अक्सर किया करते थे, उसके घर आ गए। अपनी आदत अनुसार उन्होने तकिए का सहारा लिया और पलंग पर लेट गए। दुआ सलाम की औपचारिकता के बाद राघव जी ने अपने मन की व्यथा को बाहर निकालते हुए करण से प्रश्न किया, "भाई साहब आप बताओ क्या किया जाए?"

करण ने उल्टा प्रश्न किया, "किस बारे में?"

"सागर तीन वर्ष का हो गया है।"

"हाँ बिलकुल हो गया है, तो?

"उसे स्कूल में भर्ती करवाना है।"

"इसमें समस्या क्या है, करवा दो। आजकल तो ढाई वर्ष के बच्चों को ही स्कूल भेजने का प्रचलन है।"

"भाई साहब बात यह नहीं है।"

"तो फिर क्या अड़चन है?"

"भाई साहब बात यह है कि मैं तो अधिकतर घर से बाहर ही रहता हूँ। इसलिए चाहता हूँ कि सागर को बिजनौर के ही किसी अच्छे से स्कूल में भर्ती करवा दूँ।"

"बिलकुल ठीक है। घर के पास अच्छा रहेगा।"

"परंतु कुंती यह नहीं चाहती।"

"क्यों?"

"क्योंकि उसके अनुसार वहाँ के स्कूल कोई खास प्रसिद्ध नहीं हैं।"

"क्यों क्या आप वहाँ नहीं पढे, वहीं से पढकर तो आपने स्वर्ण पदक हासिल किया था।"

"मेरी तरह वहां से सैकड़ों बच्चे हर वर्ष अच्छे नम्बरों से पास होकर उच्च ओहदों पर लगे हुए हैं। बिजनौर का श्याम सुन्दर मैमोरियल कालेज तो जगत प्रसिद्द है। यह १६०८ में स्थापित हुआ था। मैंने इसी कालेज से स्नातकोत्तर की डिग्री हासिल की थी।"

"फिर?"

राघव निराशाजनक आवाज निकालते हुए बोले, "परंतु कुंती को कौन समझाए?"

करण ने अपने साढू की दुखती रग को पहचानकर उससे पूछा, "केवल यही बात है या कुछ और भी है?"

राघव, करण की निगाहों का आशय समझकर कुछ छुपा न सका। उसने कहना जारी रखते हुए कहा, "बात यह भी है कि कुंती न तो अपने लिए या सागर के लिए किसी से कुछ करवाना चाहती है न ही किसी का कुछ करना चाहती है।"

करण ने बात को स्पष्ट करके कहा, "मतलब वहाँ रहने से सागर को स्कूल से लाने ले जाने की समस्या रहेगी?"

"आपने ठीक समझा क्योंकि कुंती अपने तक ही सीमित रहना चाहती है। वह केवल मुझे, सागर तथा अपने को ही एक परिवार का हिस्सा मानती है। और इस परिवार का कोई काम होता है तो वह मेरे घर के किसी भी सदस्य से करने को कभी नहीं कहती। उस काम को देर सवेर मुझे ही करना पड़ता है। शायद उसके लिए दूसरों द्वारा किया काम उसे उसके उपर एक एहसान महसूस होता है। जो वह अपने उपर चढाना नहीं चाहती।"

"यह रवैया तो एक सयुंक्त परिवार की नींव हिलाकर रख देगा", करण ने अपना मत जाहिर किया।

"ऐसा कौन होगा जो अधिक दिनों तक ऐसा व्यवहार सहन करेगा। मुझे डर है कि इसकी वजह से आहिस्ता–आहिस्ता हमारे परिवार के सदस्यों के दिलों में दरार इतनी चौड़ी हो जाएगी कि पाटनी मुशकिल हो जाएगी", राघव ने ऐसे कहा जैसे उसके दिल के एक कोने में दर्द उठ रहा हो।

"इसमें कोई शक नहीं कि ऐसे ही व्यवहारों से तो परिवार एवं आपसी रिस्ते टूटते हैं।"

"भाई साहब परिवार का टूटना दिल के टूटने से भी ज्यादा दुख की अनुभूति कराता है। दिल का टूटना तो केवल एक व्यक्ति तक ही सीमित होता है जबकि परिवार के टूटने की आवाज पूरे समाज में गूंजती है और उसकी प्रतिध्वनि व्यक्ति विशेष को विचलित कर देती है।"

राघव शायद बहुत दिनों से अपने अन्दर रखे हुए राजों से परेशान हो चुका था इसलिए करण के रिस्ते टूटने की बात पर कह उठा, "भाई साहब जब बताना शुरू ही कर दिया है तो आज आपके सामने अपना दिल खोल ही देता हूँ।"

"मैं कुंती – के– लायक– नहीं– था, राघव ने अपने दिल की गहराईयों से रूक रूककर हर शब्द पर जोर देकर कहा।"

"आप ऐसा क्यों कह रहे हैं, आप तो पढे लिखे, सभ्य, भद्र, बुरी लतों से दूर, राज्य में उच्च पदाधिकारी, आपको तो एक से एक अच्छी पढी लिखी लड़की मिल सकती थी। फिर भला आप अपने को कुंती के लायक क्यों नहीं समझते?"

राघव, करण का आशय समझकर अपने द्वारा कहे गल्त उच्चारण किए शब्दों को जानकर थोड़ा मुस्कराया और कहा, "ऐसा समझ लो कि कुंती मेरे लायक नहीं थी।"

"भाई साहब भाग्य के लेख को कौन मिटा सकता है", करण ने अपने साढू को सांत्वना दी।

राघव एक लम्बी साँस लेकर बोला, "मैं भी यही सोचकर चुपचाप कुंती की सब सहन कर रहा हूँ।"

करण को अपने साढू की घुटने टेकने जैसी बात पसन्द नहीं आई तो उसने तपाक से कह दिया, "भाई साहब यहाँ आप गलती कर रहे हैं"।

"मैं जानता हूँ परंतु मैं आपकी तरह अपनी पत्नि को सही रास्ते पर लाने में असमर्थ हूँ।"

"राघव जी एक परिवार को संगठित रखने के लिए मनुष्य को कुछ बलिदान, पुरूषार्थ, साहस एवं रौब दिखाना जरूरी है। अन्यथा बिखराव अनन्य है।"

"आप कुछ भी कहो, अपने ससुर तथा अपने बड़े साढू की तरह, मैं इसमें नाकाम रहा हूँ।"

करण ने चुटकी ली, "धन्यवाद भाई साहब आपने मेरा नाम नहीं लिया।"

करण के मजाकिया अन्दाज से राघव के उदास चेहरे पर थोड़ी रौनक दिखाई दी। वह बोला, "मैं यहाँ कितनी ही बार आ चुका हूँ मैनें कभी महसूस नहीं किया कि भाभी जी आप से ऊपर होकर बोलती हैं तो फिर भला मैं आपका नाम क्योंकर लेता।"

"वैसे क्या मैं आपसे एक प्रश्न पूछ सकता हूँ।"

"इसमें पूछने की क्या बात है, पूछिए।"

"आपने अभी कहा था कि आप अपने ससुर तथा अपने साढू की तरह अपनी पत्नि को काबू में रखने में असमर्थ हैं?"

"हाँ कहा था।"

"आपने बाबू जी को क्या सोचकर इस श्रेणी में रख दिया?"

"क्योंकि उन्होने भी तो अपने लड़के से लड़झगड़ कर अलग रखा हुआ है।"

"इसका मतलब आप इस बारे में कुछ नहीं जानते कि उनका लड़का उनसे अलग क्यों रह रहा है?"

"मैं तो अभी तक यही सोच रहा था कि कुंती की तरह सासू जी भी बाबू जी के सिर चढकर बोलती होंगी।"

"भाई साहब मुझे इनके सम्पर्क में आए काफी समय हो गया है।"

राघव ने अपनी याददाश्त पर जोर देकर कहा, "आपकी अपनी शादी पर ही तो इनसे सम्बंध जुड़े होंगे?"

"नहीं उससे बहुत पहले से मैं इन्हें जानता हूँ।"

"वह कैसे?"

"जब मैं ग्यारह वर्ष का रहा हूँगा तब मेरे भाई साहब की शादी डिबाई से हुई थी।"

"फिर?"

"बाबू जी भी उनके ताऊ चाचा के लड़कों में से ही हैं इसलिए मेरी भाभी जी के भाई लगते हैं।"

"अच्छा! यह तो मैं जानता ही नहीं था।"

"उन दिनों आपस में प्रेम भाव बहुत होता था। इसलिए अपने भाई की ससुराल उसके छोटे भाई भी अक्सर जाते रहते थे।"

"हाँ यह प्रचलन तो था बल्कि दुल्हे के दोस्तों का भी आने जाने का रिवाज था।"

"इस वजह से मैं अक्सर अपने भाई साहब के साथ डिबाई आता जाता रहता था। और बाबू जी अधिकतर वहाँ मिला करते थे। उन दिनों शादी में बारात तीन–तीन दिन तक रूका करती थी। बाराती तो फुर्सत में होते ही थे घरातियों को भी आराम करने का काफी समय मिल जाता था। और इन्हीं फुर्सत के लम्हों में अपने–अपने विचारों का आदान प्रदान होता था। हमारे बाबू जी सैंट्रल बैंक में नौकर थे। मुझे याद है उन्होने डाकुओं की एक दिलचस्प घटना सुनाई थी। क्या आप सुनना चाहोगे?"

राघव के हामी भरने पर करण ने अपनी बात चालू कर दी, "उन्होने बताया था कि जब वे भिंड (ग्वालियर) में नौकरी कर रहे थे तो एक छुट्टी वाले दिन जब एक व्यापारी की दुकान पर बैठे थे तो कुछ डाकू भी वहाँ आकर सुस्ताने लगे।

उन सभी की पीठ पर बन्दूक लटक रही थी। कोई भी छ्ह फुट से कम न था। सभी की चौड़ी छाती तथा मुहँ पर घनी मुंछ और दाढी उनका चेहरा डरावना बना रही थी।

उस संस्थान के सेठ ने राम सहाय को चेतावनी देने के मनसूबे से डाकूओं की तरफ इशारा करते हुए पूछा, "क्या इन्हें जानते हो?"

"नहीं।"

"ये इस इलाके के मालिक हैं।"

राम सहाय अस्मंजस में पड़ गया कि क्या जवाब दे। उसके मुहँ से निकला, "होंगे"

"अरे कैसे बेफिक्रि से बोल रहा है कि होंगे।"

"जब मैं किसी को जानता ही नहीं तो मैं और क्या कहता?"

"इनसे सम्भल कर रहना ये तुझे उठा भी सकते हैं।"

सेठ की बात सुनकर राम सहाय अन्दर से कुछ भयभीत हो गया परंतु उसी समय एक डाकू जो सबसे रौबिला लग रहा था बोला, "अरे ओ सेठ इसे तो हम क्या उठाएँगे। यह तो बैंक का एक खजांची है। इसके पास से हमें क्या मिलेगा। तू अपनी बता। तू तो एक मालदार असामी है। तू कहे तो तुझे अभी अगवा कर लेते हैं।"

डाकूओं के वचन सुनकर सेठ खिसियाकर हँसने लगा।

उठकर चलते हुए डाकूओं ने राम सहाय को ढाँडस बंधाते हुए कहा, "लाला चिंता मत करना। खुशी खुशी काम करो। अगर कोई समस्या आए तो हम हैं।"

उसके बाद राम सहाय ने उन डाकूओं को कई बार अपने घर के बाहर लगे नल पर पानी पीते देखा।

करण बताता जा रहा था, "कभी कभी तो मैं भी सोचता था कि इतने सरल स्वभाव, सादा जीवन जीने वाले, मृदुभाषी एवं सज्जन व्यक्ति होते हुए भी उनकी अपने लड़कों तथा नजदीकी रिस्तदारों से क्यों नहीं बन पाई परंतु कुछ अन्दाजा न लगा पाया था।"

"वैसे आपने माता जी के रवैये के बारे में कुछ जिक्र नहीं किया", राघव ने अपने मन की शंका का निवारण करने के लिए पूछ ही लिया।

"भाई साहब थोड़ी बहुत लड़ाई झगड़ा तथा कहा सुनी तो हर घर में होती है। परंतु यह आदमी की नियत पर या उसके व्यवहार पर निर्भर करता है कि वह किस से कितने दिनों तक बना कर चल सकता है। रही माता जी के रवैये के बारे में, तो दूसरों के लिए क्या अपनों के लिए भी वे उस पेड़ की तरह थी जो टूट बेशक जाएगा परंतु झुकेगा नहीं। इसी तरह वे भी किसी से अपने लिए कोई काम कराना पसन्द नहीं करती थी। वे भी कुंती की तरह उनके लिए दूसरों द्वारा किया काम, चाहे वह अपना लड़का ही क्यों न हो, उन पर एक एहसान बन जाता था। जो वे किसी कीमत पर भी अपने उपर चढाना नहीं चाहती थी। उनके बेटे संत राम के अलग रहने का यह भी एक बहुत बड़ा कारण था।

वैसे भी ऐसे बिरले ही सम्बंध होते हैं जो जीवन भर नीभ पाते हों। कितनी भी सावधानी बरत लो कहीं न कहीं कभी न कभी रिस्तों में बहुत नहीं तो थोड़ी दरार आ ही जाती है। बाबू जी के मित्र चौबे जी तथा मैनें कई बार कोशिश की कि संत राम अपने माँ बाप के साथ रहे। एक बार तो यह भी तय हो गया था कि संत राम मकान के अगले भाग से अलग झीना चढाकर पहली मंजिल के आगे वाले हिस्से में रहेगा। परंतु समझौता भी तो उसके लिए है जो मान जाए।"

"बाबू जी अगर संत राम का दुख दर्द महसूस नहीं करते तो उसकी सहायता करने को एक दम आगे न आते जब वह एक व्यापरी के झूठे आरोपों में घिर गया था तथा उसकी नौकरी पर बन आई थी।"

"संत राम की पत्नि आशा की औरों की तरह अपनी सास से न बन पाई परंतु यह कोई खास बड़ी बात नहीं थी। इस स्थिति को सम्भाला भी जा सकता था अगर संत राम की नीयत ठीक होती।"

"अर्थात?"

"असल में संत राम अपने लड़के अशोक के उपर होने वाले खर्चे से बचना चाहता था साथ ही साथ उसके अलग रहने से पूरे घर का खर्चा भी उसकी जिम्मेदारी नहीं रही। कहने का तात्पर्य यह है कि संत राम की नीयत माड़ी थी इसलिए उसने अलग रहना मुनासिब समझा।"

"अरे! क्या माँ बाप ऐसे भी होते हैं?"

इस पर करण ने एक बार तो राघव जी से कहना चाहा कि उनके सामने तो उनकी पत्नि कुंती का उदाहरण है कि किस तरह उसने उसे सागर से दूर रहने के लिए कह दिया था परंतु कुछ सोचकर केवल इतना ही कहा, "होते तो नहीं परंतु उनकी स्थिति या नियत उनको ऐसा बना देती है।"

"रही बात बाबू जी के अपनी ससुराल से टूटे सम्बंधों की तो उसके बारे में मैं आपको एक घटना का जिक्र करता हूँ जिससे आप खुद ही अन्दाजा लगा लेंगे कि बाबू जी की ससुराल वाले कैसे रहे होंगे।"

"यह बात उन दिनों की है जब अच्छनेरा वालों की स्नेह के रिस्ते की बात नारायणा से चल रही थी। एक दिन सुबह लगभग साढे आठ बजे एक व्यक्ति ने मेरी दुकान पर आकर मुझ से पूछा, "क्या आप करण सिहँ हैं?"

"हाँ जी। कहिए क्या काम है, वैसे आप मेरा नाम कैसे जानते हैं? मैनें तो आपको पहचाना नहीं।"

आगंतुक ने मेरे प्रशनों की तरफ अधिक ध्यान न देकर अपना प्रशन पूछ लिया, "क्या आप बता सकते हैं कि गणेशी के लड़के अर्जून का घर कहाँ है?"

"आप कहाँ से आए हैं", मैनें यह सोचकर पूछ लिया कि हो न हो वह भी एक बनिया ही है।

"मैं उत्तर प्रदेश से आया हूँ। उनसे मिलना है।"

"किस बारे में?"

"लड़की के रिस्ते के बारे में।"

"उनकी तो (शिव प्रकाश) अच्छनेरा वालों से बात चल रही है।"

"मैं जानता हूँ।"

"फिर?"

"क्या पता वहाँ बात बनती भी है या नहीं।"

मैनें आगे बात करना ठीक न समझ उसे अर्जून के घर का रास्ता समझा दिया और वह वापिस चल दिया।

मुझे वह शक्ल कुछ जानी पहचानी सी लग रही थी। मैनें पीछे से उसे जाते हुए देखा तो वह कुछ लंगड़ाकर चल रहा था। अचानक मेरे ख्याल में आया कि हो न हों वह आदमी संतोष के मामा जी थे। क्योंकि एक बार जब मैं डिबाई गया हुआ था तो संत राम के साथ बाजार से निकल रहा था। उसने चलते चलते मुझे दूर से दिखाया था कि वे जो दुकान पर बैठे हैं वे उसके मामा जी हैं।

यह जानकर मैंने संत राम से पूछा, "क्या आप उनके यहाँ जाते नहीं?"

"नहीं क्योंकि वे हमारे यहाँ कभी नहीं आते।"

"क्यों, वे क्यों नहीं आते?"

"खर्चे से ज्यादा डरते हैं।"

मैनें उस दिन दूर से ही उन्हें निगाह भर कर देख लिया था। अब मैनें अपने मन का बहम मिटाने के लिए संतोष से पूछ लिया, "क्या तुम्हारे मामा जी कुछ लंगड़ाकर चलते हैं?"

"क्यों क्या बात है?"

"पहले मेरी बात का उत्तर दो फिर बताऊँगा।"

"हाँ वे लंगड़ाकर चलते हैं, सिर पर टोपी पहनते हैं तथा हाथ में छतरी रखते हैं।"

"तुम्हारे मामा जी आए थे।"

"क्या !"

"हाँ। बालकिशन (अर्जून का लड़का) का घर पूछ रहे थे।"

"किसलिए?"

"लड़की के रिस्ते के लिए।"

"अपनी पोती के लिए ढूंढ रहे होंगे?"

"मैनें तो कहा भी था कि अछनेरा से शिव प्रकाश जी की लड़की की बात चल रही है परंतु उन्होने जवाब दिया, "क्या पता वहाँ बात बनती भी है या नहीं।"

"वे हैं ही ऐसे आचरण के तभी तो मेरे पिता जी की उनसे नहीं बनती।"

"राघव जी अब आप ही बताओ, यह जानते हुए भी कि वह उनकी भाँनजी का घर है वे द्वार पर आकर लौट गए, वे कैसे आदमी होंगे?"

"आपकी बातों को सुनकर तो ऐसा लगता है कि सम्बंधों को कायम रखना उनका इरादा नहीं था। तथा बाबू जी के बारे में मेरी जो धारणा बन गई थी वह निराधार थी। वे मेरी तरह नहीं थे।"

करण ने अपना मत प्रकट करते हुए कहा, "मैनें बाबू जी को रिस्ते तोड़ते हुए कभी नहीं देखा। उन्होने हर सम्भव कोशिश की कि सभी से उनके सम्बंध मधुर बने रहें। परतु यह अवशय रहा कि वे, अपने घर से दूर ग्वालियर में शायद अपने रिस्तेदारों की

बेरूखी के कारण, लगभग एकाकी सा जीवन व्यतीत कर रहे थे।

"रही बात अछनेरा वालों की सो उनके बारे में तो बच्चा बच्चा जानता है कि उनकी पत्नि उनको अपने सामने कुछ नहीं समझती। क्या जानना चाहोगे कि उनसे मेरी पहली मुलाकात कैसी रही थी।"

"हाँ हाँ क्यों नहीं। बताओ कैसे हुई थी। आपके कहने के अन्दाज से तो ऐसा लगता है कि बहुत रोचक किस्सा बना होगा।"

"आपने ठीक समझा। असल में शिव प्रकाश जी की पत्नि पार्वती अर्थात आपकी साली साहिबाँ मेरी भाभी जी से उम्र में बड़ी हैं। जैसा कि मैनें आपको पहले भी बताया था कि मेरी भाभी जी उनकी बुआ लगती हैं फिर भी मेरी भाभी जी की शादी पार्वती के बाद हुई थी। शिव प्रकाश जी हर टेहले ब्याह में डिबाई जाया करते थे। इधर अक्सर मैं भी अपने भाई साहब जी के साथ डिबाई जाता था इसलिए उनसे मुलाकात हो जाया करती थी।

एक बार हम दोनों पंगत (जमीन पर कपड़ा बिछाकर उस पर बैठकर खाना) में खाना खाने साथ साथ बैठ गए। खाना परोसा जा चुका था। सभी खाना खाने में मशगूल हो गए। खीर बनाई गई थी। खीर में मीठा ठीक ही था। यह तो सर्व विदित है कि उत्तर प्रदेश के लोग अधिक मीठा खाना पसन्द करते हैं। शिव प्रकाश भी शायद मीठा कुछ अधिक ही खाना पसन्द करते थे। उन्होने एक दो परोसने वालों से इशारे में, अपनी खीर के उपर हाथ फिरा कर इशारा भी किया कि उनकी खीर में मीठा और डाल दें परंतु व्यस्तता के कारण किसी ने ऐसा नहीं किया। पास में बैठा करण समझ नहीं पा रहा था कि अगर उनको कुछ चाहिए तो वे बोलकर क्यों नहीं कह रहे। क्या वे गूंगे हैं। करण ने उनकी समस्या के समाधान हेतू पास में रखी दो प्यालियों

में से एक प्याली उठाई और उसमें से चुटकी भर–भर के उनकी खीर में छिड़क दी। शिव प्रकाश ने करण की और एक मधुर मुस्कान फेंक कर चम्मच से अपनी खीर को खूब अच्छी तरह घोंटा और एक लम्बा सा सुड़प्पा भर लिया। परंतु यह क्या वे हो हो की आवाज करते उठे और मोरी के पास जाकर अपने मुँह का पूरा निवाला उगल दिया। सभी चकित होकर अपना अपना अन्दाजा लगाने लगे कि क्या हुआ होगा।"

राघव ने भी करण से जिज्ञासावश पूछा, "क्या हुआ था?"

"बात ऐसे बनी कि शिव प्रकाश खाना खाते हुए बोलते नहीं थे। करण ने उनकी सहायता करने के लिए एक प्याली में से बूरा उनकी खीर पर छिड़क दी थी परंतु वास्तव में उस प्याली में बूरा नहीं बल्कि नमक था।"

ऐसा सुनकर राघव जी खूब खुलकर हँस दिए।

"बाद में वही शिव प्रकाश मेरे साढू बन गए। इसके बाद ही मैं उनके बारे में पूरी जानकारी ले पाया था।"

"खर्चे के मामले में शिव प्रकाश भी अपने साले की तरह भीचूँ थे। खर्चे का कोई भी काम होता था तो वे अपनी पत्नि को उसके मायके भेज देते थे और वहाँ कुछ ऊँच नीच हो जाती तो उनके गले पड़ जाते थे। यहाँ तक की पार्वती को छोड़ देने की धमकी तक दे देते थे।"

"कैसे?"

"पार्वती को जब भी कोई बच्चा होने वाला होता था या वह या कोई बच्चा बिमार हो जाता था तो वे उसे अपने घर भेज देते थे। एक बार ऐसा हुआ कि इनका लड़का इतना बिमार हुआ कि अछनेरा के डाक्टरों ने जवाब दे दिया। पार्वती उसे लेकर ग्वालियर चली गई क्योंकि वहाँ कई बड़े–बड़े अस्पताल थे तथा माने हुए डाक्टर थे। परंतु भगवान की इच्छा के आगे किसका

बस चलता है। वह बच्चा स्वस्थ न हो पाया और अपनी देह त्याग दी। इस पर शिव प्रकाश जी ने अपनी ससुराल वालों को दोष देते हुए अपनी पत्नि का भी त्याग कर दिया। लगभग चार महीने बाद शिव प्रकाश जी के बड़े भाई साहब भारत के प्रयाशों से उनका दोबारा मिलन हो सका था।"

"शिव प्रकाश जी ने पार्वती को कभी भी काबू में करने की कोशिश नहीं की। वे जब भी बोलना शुरू करती थी उनका सामना करने की बजाय खुद पहली मंजिल से नीचे सटक जाते थे। जैसे एक कबूतर अपने सामने बिल्ली को देखकर अपनी आँखे मून्द लेता है तथा सोचता है कि अब तो मैं बच गया शिव प्रकाश का भी ऐसा ही व्यवहार था। धीरे–धीरे पार्वती उनके सिर चढकर बोलने लगी। यहाँ तक की दोनों का खाना भी अलग पकने लगा।"

अपने मन की गुत्थी को सुलझाने के लिए राघव जी ने करण से जानना चाहा, "वैसे भाई साहब मुझे आश्चर्य होता है कि भाभी जी अपनी दोनों बहनों से अलग मथन की कैसे पैदा हो गई?"

"पैदा तो वैसी ही हुई थी। उन्हें बाद में तराशा गया है।"

"क्या!"

"हाँ जी।"

"कैसे?"

"तो सुनो। ये भी उसी मथन की थी जैसी इनकी बहनें हैं।"

"फिर आपने.......?"

"फर्क यह रहा कि मैं आप दोनों जैसा नहीं निकला।"

"आपने क्या किया?"

"मैनें आते ही बिल्ली मार दी थी", कहकर करण जोर का ठहाका मार कर हँस पड़ा।

"क्या मतलब?"

मतलब सुनो, "जब मेरी शादी हुई थी। मैं उस समय देवलाली–नासिक में तैनात था। यह बहुत ही रमणीक स्थान है। रामायण की चर्चित पंचवटी नासिक में गोदावरी नदी के किनारे विध्यमान है। देवलाली में जहाँ हमारे रहने के मकान थे वह स्थान थोड़ी ऊँचाई पर था। मकानों के आगे एक घाटी सी बन गई थी। दूसरे छोर से एक रेलवे लाईन, जो बम्बई से देहली जाती थी, इस घाटी का मुहँ बन्द करने का काम करती थी। बरसात के दिनों में वहाँ पानी भर जाता था तथा एक झील की तरह दिखने लगता था। रात के समय जब कोई रेलगाड़ी उस पटरी से गुजरती थी तो बहुत ही मनोहारी दृश्य बन जाता था। रेलगाड़ी के डिब्बों की खिड़कियों से रोशनी का पानी पर पड़ता प्रतिबिम्ब अपने घरों के बाहर टहलते लोगों का दिल लुभा लेता था। साथ में रेल की सीटी से घाटी में बनती ध्वनी से सुनने में कानों को बहुत ही दिलचस्प संगीत सा निकलता प्रतीत होता था।"

"एक बार ये मेरे से लड़ झगड़ कर यह कह कर घर से बाहर निकल गई कि मैं रेल के नीचे कटकर अपनी जान दे दूंगी। मैनें इन्हें एक बार भी नहीं टोका कि वे ऐसा न करें। थक हार कर एक घंटे बाद ये खुद ही वापिस चली आई। मैनें न जाते हुए इन्हें टोका था तथा न आते हुए कुछ कहा।" "औरों की तरह मैं भी अपनी पत्नि को दिलो–जान से चाहता था परंतु फिर भी मैने उसे रोका नहीं। जानते हो क्यों? क्योंकि अपनी ससुराल के वातावरण एवं वहाँ के लोगों के वातावरण से मैं भलीभाँति परिचित हो चुका था। वहाँ सभी में बन्दर जैसी घुड़की दिखाने की आदत थी। जो व्यक्ति कोकरोच छिपकली या चूहे को देखकर भयभीत हो जाए तथा चिंटी के काटने के दर्द से अपनी आँखे भर लाए वह भला रेल के नीचे आकर अपनी जान देने की हिम्मत कैसे जुटा पाएगा। वह तो दूर से आती ट्रेन की

सीटी सुनकर ही दूर दौड़ पड़ेगा। इसके बाद इन्होने कभी मरने का नाम नहीं लिया।"

"आपने ठीक कहा भाई साहब और आपकी युक्ति काम कर गई।"

"दूसरी बार हम अछनेरा जा रहे थे। मथुरा जंक्शन पर हमें गाड़ी बदलनी थी। सुबह के नौ बजे थे। ताजा चाय पीने की इच्छा से हम बाहर एक पेड़ के नीचे बैठे चाय वाले के पास गए और दो चाय बनाने की कहकर इंतजार करने लगे। जब वह चाय बनाकर लाया तो संतोष ने चाय पीने से इंकार कर दिया। वे दोनों चाय मुझे ही पीनी पड़ी। यह देखकर मैनें संतोष से पूछा, "तुमने चाय क्यों नहीं पी?"

"उसने साफ पानी में चाय नहीं बनाई थी", संतोष ने जवाब दिया।

"तुम्हे कैसे पता?"

"मैनें देखा था वह एक गन्दे से कनस्तर से पानी ले रहा था।"

"तो तुमने मुझे क्यों पीने दी?"

इस पर वह मुस्कराकर रह गई कुछ बोली नहीं। बाद में यह किस्सा वह चटकारा लेकर दूसरों को सुनाने लगी।

आपकी तरह मैनें भी महसूस किया था कि इनकी बड़ी बहन अपने पति को एक आँख नही देख सकती थी। वे उनके नहाने, पहनने, बोलने, खाने–पीने इत्यादि हर काम में मीन मेख निकालती रहती थी। वे हर मामले में अपने को अपने पति से अव्वल समझती थी। वे अपने को अच्छा खाने पीने वाली तथा पाक साफ समझती थी। संतोष के उस दिन के व्यवहार से मुझे भी ऐसा लगा जैसे वह भी अपनी बहन का अनुशरण करने की कोशिश कर रही है।

जब उसने दो तीन बार लोगों के सामने वह चाय का किस्सा सुना दिया तो एक दिन मैनें बड़े प्यार से उसे समझाने के लिए पूछा, "तुम अच्छा खाना खाना पसन्द करती हो?"

"क्यों, हाँ।"

"मुझे गन्दा खिलाकर तुम्हें खुशी होती है?"

"नहीं, नहीं।"

"ऐसा लगता है कि तुम साबित करना चाहती हो कि मैं गन्दा शन्दा भी खा लेता हूँ?"

"नहीं तो। मैनें ऐसा कब कहा?"

"तुम सभी को तो। मथुरा की चाय का किस्सा सुनाती रहती हो।"

"मैं तो वह मजाक के तौर पर कह देती हूँ।"

"करण ने अपनी पत्नि की ना समझी पर गुस्सा नहीं दिखाया बल्कि उसे समझाने लगा, ""तुम बड़ी ना समझ हो। वह किस्सा सुनकर तुम्हारी बेवकूफी पर सब अन्दर ही अन्दर हँसते होंगे कि देखो अपने पति को गन्दी चाय पिलाकर कितनी खुश हो रही है। इसका मतलब अपने आदमी को यह अपने सामने कुछ समझती ही नहीं होगी।"

इतना कहकर करण ने संतोष को चेतावनी देते हुए कहा, "वैसे तुम अपने को कुछ भी समझो परंतु इतनी ताकीद तुम्हें अवशय देना चाहुंगा कि मुझे किसी के सामने कभी भी नीचा दिखाने की कोशिश मत करना वरना फेरों के समय लिए सात वचनों में से मैं एक वचन भूल जाऊँगा।"

यह सुनने के बाद संतोष ने फिर कभी किसी के सामने वह किस्सा नहीं सुनाया तथा भविष्य के लिए मेरे प्रति अपने व्यवहार में सचेत हो गई।

"वैसे इनमें सेवा भाव कूट कूटकर भरा है। मेरे विचार से ऐसी कोई बिरली ही पत्नि होगी जो अपने पति का इतना ख्याल रखती होगी। ये इतना स्वादिष्ट तथा लजीला खाना बनाती हैं कि खाने वाला अपनी ऊंगलियाँ चाटता रह जाता है। एक बात और मुझे ही नहीं औरों को भी खिलाकर जो शकुन इन्हें मिलता है वह इनको खुद के खाने पर भी नहीं मिलता।"

"यह तो आप बिलकुल वजा फर्मा रहे हैं भाई साहब। इनके खाने का तो मैं भी कायल हो चुका हूं। तभी तो बार–बार यहाँ आकर डेरा डाल लेता हूँ।" (दोनों हँसते हैं)

"इन्हें अपने खाने का शौक नहीं है अपितू अगर मैं अच्छी तरह खा लेता हूँ तो इन्हें संतुष्टि हो जाती है। वैसे भी ये मेरी बहुत सेवा करती हैं अगर मुझे कभी जुकाम भी हो जाता है तो ये बेचैन हो जाती हैं। ये मेरे लिए हर मामले में एक नर्स के समान हैं। इन्हीं के उत्साहवर्धक रवैये के कारण ही मैं स्नातकोत्तर की डिग्री हासिल कर पाया हूँ। इस मामले में ये शायद अपनी दोनों बहनों से बिलकुल भिन्न हैं। ये एक घर बनाऊ औरत हैं घर बिगाड़ू औरत नहीं।"

"भाई साहब अब मैं आपको क्या बताऊँ आप तो उड़ते पंछी के पर पहचान लेते हो।"

करण ने आगे कहा, "आपने यह भी महसूस किया होगा कि आपकी कुंती की तरह इनकी बड़ी बहन भी शिव प्रकाश जी को अपने आगे कुछ नहीं समझती। उनको वे हर बात में झिड़कियाँ तो देती ही हैं अपने सामने बोलने का मौका भी नहीं देती। ठीक ऐसी आदत संतोष में भी थी। एक बार शुरू हो जाने पर ये घंटों भौंकती रहती थी तथा अपने मन की निकाल कर, सामने वाले को तड़पता छोड़कर, आराम से सो जाती थी। एक दिन मैं भी अड़ गया। जब वह बोलकर थक गई तथा सोने का उपक्रम करने लगी तो मैनें उसे सोने नहीं दिया। उसे उकसाता रहा

कि तुम आज सारी रात बोलती रहो मैं सुनता रहूँगा देखता हूँ तुम्हारे अन्दर बोलने का कितना दम है। वह बार–बार सोने के लिए लेटती मैं बार–बार उसके मुहँ पर पानी के छींटे मार कर उसे जगा देता था। मैं जानता था कि संतोष हाथापाई कर नहीं सकती थी। आखिर उन्होने हार मानते हुए फिर कभी ऐसा न करने की कहते हुए अपने दोनों हाथ जोड़ दिए। वह दिन है और आज का दिन हमारी गृहस्थी सुचारू रूप से खुशी खुशी कट रही है।"

करण ने माहौल को खुशनुमा बनाने के लिए एक बार फिर अपनी बात दुहराई कि इस तरह उसने शुरू में ही बिल्ली मार दी थी। ऐसा सुनकर इस बार करण के साथ राघव भी जोर का ठहाका लगाकर हँसने लगा।

इतने में संतोष ने गर्म–गर्म पकौड़े तथा चाय की ट्रे मेज पर रखते हुए दोनों के इतने जोर से हँसने का सबब पूछा तो करण ने यह बात़ कहकर, बात को विराम दे दिया, "पहले चाय और पकौड़े खत्म हो जाएँ फिर बताएँगे अन्यथा ठंड़े होने से इनका जायका ही बदल जाएगा।"

संतोष ने भी मजाक की चुटकी लेते हुए कहा, "और आपके देरी से बात बताने में मेरा जो पेट खराब होगा उसका क्या?"

इस पर तो तीनों ने ही हँसना शुरू कर दिया।

राघव जी शायद अपना मन बनाकर आए थे कि जो बातें उनके हृदय में दो तीन साल से घुटन का कारण बनी हुई थी आज उन सब को बाहर निकालकर उस घुटन से मुक्ति पाना चाहते थे। इसलिए चाय नाशते के बाद उन्होने फिर कहना शुरू कर दिया।

"भाई साहब आपकी साली साहिबाँ एक सुखे तरूवर के समान हैं।"

करण को राघव द्वारा अचानक कहे इन शब्दों से बहुत आश्चर्य हुआ। इसलिए वह अचरज भरे अन्दाज में बोला, "सुखे तरूवर के समान!"

"हाँ। क्योंकि उसकी डाल पर बैठकर कोई भी पक्षी चहक नहीं सकता।"

"सुखा तरूवर, पक्षी चहक नहीं सकता! ये क्या पहेलियाँ बुझा रहे हो। जरा खुलासा करके बताओ", करण ने राघव के कहने का कोई मतलब न समझकर उससे पूछा।

"भाई साहब आपने कुंती का पहनावा तो देखा ही होगा।"

करण बनते हुए, "क्यों उसमें क्या खामी है?"

"बस रहने दो। जैसे आपने देखा नहीं कि कैसे एक बन्द बोरी में सामान की तरह पैक रहती है।"

"इसमें तो कोई बुराई नहीं है।"

"बुराई तो नहीं है पर अच्छाई भी क्या दिखती है?"

अपने मुहँ से कुछ न कहकर बात को टालने के लिहाज से करण ने सिर्फ इतना ही कहा, "अपनी अपनी आदत बन जाती है।"

राघव कुछ खीज कर बोल पड़े, "परंतु समय और माहौल के साथ–साथ आदत को सुधारना भी तो जरूरी है।"

अब की बार करण ने अपनी सहमती जताई, "सो तो आपकी बात दुरूस्त है।"

"अब कुंती एक विवाहिता एवं एक बच्चे की माँ है परंतु ह्युमर उसमें नाम मात्र को भी नहीं है।"

करण ने अपने मन में सोचा कि राघव जी आप क्या बता रहे हैं मैं सब जानता हूँ। वह तो ऐसी है कि मेरे से टेलिफोन

पर भी बात नहीं करती जैसे मैं टेलिफोन पर ही उसे पकड़ लूंगा। फिर ध्यान आने पर उसने पूछा, "कैसे।"

राघव ने कुछ शर्मा कर कहा, "हम पति पत्नि जरूर हैं परंतु इस रिस्ते की गरिमा को बनाए रखने के लिए कुंती को मेरा उसके साथ हँसी मजाक तथा ठिठौली करना भी गँवारा नहीं। जब मेरे साथ उसका ऐसा व्यवहार है तो भला अपनी नन्द तथा देवर को क्या बखसेगी। इसलिए उसके कमरे में हमेशा मुर्दानगी सी छाई रहती है। इतना ही नहीं घर में अपनी भाभी तो दूर अगर मैं अपनी चाची जी से भी हँसकर बोल लेता हूँ तो कुंती को जलन होने लगती है। वह अनाप–शनाप विचार अपने मन में लाने लगती है और जुबान से कहने में भी बिलकुल नहीं हिचकिचाती। कुंती के कारण मैं अपने घर में ही बेगाना सा हो गया हूँ। अपने को अलग–थलग तथा बँटा हुआ महसूस कर रहा हूँ।"

फिर संतोष की तरफ इशारा कर–कर कहने लगे, "ये भाभी जी भी तो हैं सभी से हँस कर बात करती हैं। मजाक करने पर मजाक भी कर लेती हैं। रूखापन तो मैनें इनके चेहरे पर आज तक नहीं देखा। आप भी इनके साथ उल्टे सीधे मजाक कर लेते हो। इनके चेहरे पर शिकन तक नहीं आती। बल्कि हँस कर उल्टा जवाब देती हैं।"

संतोष जो अपनी तारीफ सुन रही थी कह उठी, "बस बस रहने दो बहुत हो गया। मेरा पेट तारीफों से नहीं भरने वाला इसे खाना भी चाहिए। बहुत तेज भूख लगी है और खाना मेज पर इंतजार कर रहा है।"

सभी ने एक साथ बैठकर खाना खाया। राघव जी सुस्ताने के लिए पलंग पर लेटे ही थे कि खर्राटे भरने लगे। अब उनके चेहरे की आभा बता रही थी कि बहुत दिनों से मन पर रखा बोझ उतर गया था।

4

खुली लगाम की घोड़ी

गर्मी का मौसम था। बाहर चिलचिलाती धूप बदन को झुलसा दे रही थी। प्रत्येक दिन अखबारों एवं रेडियो पर खबरें आ रही थीं की लू से मरने वालों की संख्या दिन–ब–दिन बढ़ती जा रही है। इस के बारे में जनता से कई तरह के एतियात बरतने का भी प्रसारण किया जा रहा था कि लू के प्रकोप से कैसे बचा जा सकता है। करण ने गर्मी से बचने के लिए अपने घर के सारे दरवाजे एवं खिड़कियाँ बंद करके परदे डाल रखे थे। कमरे में चल रहे कूलर के बावजूद गर्मी इतनी थी कि कूलर भी दम तोड़ता नजर आ रहा था।

शिखर दुपहरी में करण के दरवाजे पर किसी ने दस्तक दी। करण ने मन ही मन बड़बड़ाते हुए कि इतनी गर्मी एवं लू के चलते कौन आया होगा दरवाजा खोला तो अपने साढ़ू राघव को सामने खड़ा देखकर अचंभित रह गया। दरवाजा खोलते ही लू के एक झोंके ने करण की रूह को हिला कर रख दिया। उसने जल्दी से राघव का हाथ पकड़ कर अन्दर आने का इशारा किया तथा दरवाजा बंद कर लिया। अन्दर आने पर अपना पसीना पोंछते

हुए राघव ने राहत की सांस ली।

"अजी सुनती हो।"

"बोलो जी क्या बात है?"

"राघव जी आए हैं। जल्दी से एक जग ठंड़ा पानी ले आओ।"

संतोष हाथ में एक गिलास पानी लेकर कमरे के अन्दर आई और राघव से पूछा, "इतनी गर्मी में कैसे आना हुआ? लो पानी लो फिर शर्बत बनाती हूँ।"

ठंड़ा पानी पीकर राघव की कुछ जान में जान आई।

राघव के तमतमाए हुए चेहरे को देखकर करण ने पूछा, "एयरकंड़ीशनर में रहने वाले आज इतनी गर्मी और भयंकर लू में बाहर कैसे निकल आए?"

राघव जी जो शायद अपने अन्दर एक लावा दबा हुआ महसूस कर रहे थे उसी को बाहर निकालते हुए बोले, "भाई साहब आज मेरे अन्दर जो लावा उबल रहा है उसका आपको अन्दाजा नहीं है। बाहर की लू तो उसके सामने कोई मायने नहीं रखती।"

करण ने राघव जी का ऐसा रौद्र रूप आज तक नहीं देखा था। वह सकते में आ गया कि कहीं उससे तो कोई इतनी बड़ी भूल या गलती तो नहीं हो गई जिसके कारण उन्होने ऐसा रूप अखतियार कर रखा है। करण ने थोड़ी देर सोचा परंतु उसे अपनी तरफ से ऐसा कोई कारण नजर नहीं आया। जब वह हर प्रकार से आसवस्त हो गया तो उसने अपने साढ़ू की तरफ मुखातिब होकर पूछा, "भाई साहब आज से पहले मैनें आपको ऐसे रूप में कभी नहीं देखा। आप तो हँसमुख, मृदुभाषी, कोमल ह्रदय, पढे लिखे होने के कारण शुद्ध आचरण वाले इंसान हैं फिर आज यह.......?"

राघव का चेहरा अब भी अपने माथे पर चढी त्यौरियाँ लिए था, "भाई साहब मेरे सामने जब सारे रास्ते बन्द हो गए हैं तो मुझे केवल आपका दरवाजा खुला मिला है।"

"देखो राघव जी मैं आपकी गूढ बातें समझने में असमर्थ हूँ। मैं तो सरल भाषा ही समझ सकता हूँ। अतः मुझे एक सरल भाषा एवं विस्तार से बताओ कि आपका इशारा किस और है", करण के मन में अभी भी शंका थी कि शायद राघव उसकी तरफ से किसी त्रुटि के कारण खफा थे।

अपने मन की आग को उगलते हुए राघव जी बोले, "कुंती एक खुली लगाम की घोड़ी है।"

करण को सपनों में भी कुंती के बारे में राघव से ऐसे शब्दों की उम्मीद नहीं थी। इसलिए उसने बड़े आश्चर्य से पूछा, "आप ऐसा क्यों कह रहे है?"

राघव ने उसी कड़क आवाज में कहा, "जो सत्य है मैं वही कह रहा हूँ।"

"अगर ऐसा है तो लगाम कसनी चाहिए", करण ने सलाह दी।

इस पर राघव जी थोड़ा कमजोर पड़कर बोले, "भाई साहब, इस मामले में मैं अपने को असमर्थ पाता हूँ।"

"रास्ता सुझाने वाले बहुत मिल जाएँगे। किसी से पूछकर तो देखो।"

"परंतु उस रास्ते पर चलने वाले में भी तो हौसला और हिम्मत होनी चाहिए जो मुझ में नहीं है", राघव ने ऐसा कहते हुए कोई शर्मिन्दगी महसूस नहीं की।

"ऐसा आपने क्या कर देख लिया जो आपके हौसले इतने पस्त मालूम हो रहे हैं?"

"भाई साहब यह तो आपको बखुबी मालूम है कि भाभी जी के अथक प्रयासों से हमें पुत्र रत्न की प्राप्ति हुई थी। मैं बहुत खुश था जब उन्होने उसका नाम आशीष रखा था। परंतु कुंती को यह नाम एक आँख न भाया। इस नाम को सुनकर उसे अपना लड़का पराया सा महसूस होता था। उसने मेरी एक न सुनी और आशीष का नाम बदलवाकर सागर करवा कर ही रही।"

संतोष जो खड़ी हुई दोनों की बातें सुन रही थी राघव जी को मायूस देखकर बोले बिना न रह सकी तथा कहा, "भाई साहब छोड़ो इन बातों को। नाम में क्या रखा है। बस हमारी तो ईशवर से प्रार्थना है कि वह हमेशा खुश रहे, फलता फूलता रहे।"

"भाभी जी, कुंती के जहन में ऐसी बातें नहीं आती। आप बड़ी महान हैं जो आपके ऐसे विचार हैं।"

राघव ने फिर कहना शुरू कर दिया, "यही नहीं उसके बाद कुंती ने हमारे सम्मिलित परिवार को नाकों चने चबवा कर विघटन करा दिया। उसे इतने से ही सब्र नहीं हुआ उसने मेरे ऊपर ही लाँछन लगा दिया। अब मैं अपने घर में ही मुँह दिखाने लायक नहीं रहा।"

"ऐसी सब सुलगती बातों का अंत करने के विचार से मैनें उन पर पानी डालने का काम करते हुए कुंती को अपने साथ रखने का निर्णय ले लिया। उस समय मैं ऋषिकेश में तैनात था। आप तो जानते ही होंगे कि ऋषिकेश कितना मनोहारी स्थल है। आदमी अपनी पूरी जिन्दगी इन दृशयों को देखता रहे तो भी उबेगा नहीं। परंतु आपकी साली साहिबाँ को मेरे तथा सागर के होते हुए भी वहाँ एक महीना काटना मुशकिल हो गया था।"

"ऐसा क्यों हुआ", करण ने पूछा?

भाई साहब पहाड़ी इलाका होने के कारण मेरा आफिस तथा घर नजदीक नजदीक थे। वहाँ काम भी अधिक नहीं होता था।

जब भी समय मिलता था मैं घर आ जाता तथा या तो सागर के साथ खेलने लगता या फिर उसे बाग में घुमाने ले जाता था। एक हफ्ता मुशकिल से बीता होगा कि एक दिन कुंती कुछ झल्लाए से स्वर में बोली, "आपको क्या हो गया है सागर के अलावा आपको कुछ सुझता ही नही है?"

मैं अवाक कभी कुंती की और देखने लगा तो कभी सागर की और फिर थोड़ा संयम बरत कर बोला, "सूझता तो मुझे बहुत कुछ है परंतु.....।"

"मेरी बात पूरी होने से पहले ही वह बिफर पड़ी, "क्या सूझता है? आप तो हमेशा सागर के आगे पीछे चक्कर लगाते रहते हैं।"

मैं अपना मूढ खराब करना नहीं चाहता था इसलिए कुछ मजाकिया बनते हुए कह दिया आगे पीछे तो हम तुम्हारे भी घुमना चाहते हैं परंतु तुम ऐसा करने दो तब न। इतना कहकर मैं ज्यों ही एक कदम आगे बढ़ा तो वह दो कदम पीछे हट गई तथा चेतावनी देते हुए जोर से चिल्लाई, "खबरदार जो आगे बढे मेरे से बुरा कोई नहीं होगा।"

"कुंती की प्रतिक्रिया देखकर मैं वहीं का वहीं एक काठ की मूर्ति की तरह खड़ा रह गया।"

कुंती फिर बोली, "देखो जी आप सागर से हद से ज्यादा मेलजोल बढा रहे हो। यह ठीक नहीं है।"

मैं अचम्भित होकर बोला, "अरे यह मेरा बेटा है। मैं इससे मेलजोल नहीं बढाऊँगा तो फिर और कौन बढाएगा?"

"नहीं आप ऐसा कुछ नहीं करेंगे जो यह मुझे भूल जाए।"

"अजीब है! तुम ये क्या कह रही हो?"

कुंती ने अपने गर्म तेवर दिखाकर कहा, "मैं कोई फारसी नहीं बोल रही जो आपको समझ नहीं आ रहा।"

"यह तो मैं भी जानता हूँ कि तुम फारसी नहीं बोल रही हो परंतु तुम्हारी बातों का सिर पैर तो मेरी समझ नहीं आ रहा है।"

"तो साफ सुनलो। मैं सागर का लगाव किसी के साथ भी बाँटना नहीं चाहती। आपके साथ भी नहीं"।

कुंती के ऐसे वचन सुनकर मैं ठगा सा मूर्तिवत खड़ा रह गया। मेरी जबान पर ताला लग गया था। न जाने मैं इसी अवस्था में कब तक खड़ा रहता अगर कुंती का स्वर सुनाई न पड़ता। उसने अपना फैसला सुना दिया, "अब वह मेरे साथ नहीं रहेगी। अपने लड़के सागर को लेकर अकेले ग्वालियर रहेगी।"

कुंती के वचनों से मुझे बहुत बड़ा झटका लगा। मैनें कभी नहीं सुना था कि कोई औरत ऐसे विचार भी रख सकती है। इसके बावजूद मैनें कुंती को लाख समझाने की कोशिश की कि वह अपनी ससुराल के मेरे पैतृक मकान में रहे परंतु उसने मेरी एक न सुनी। अब मैनें उसे एक मकान गवालियर में किराए पर ले दिया है वह वहीं सागर के साथ अकेली रह रही है। मेरा तो वहाँ मुश्किल से महीने में एक बार जाना हो पाता है। अब आप ही बताओ क्या मैनें गल्त कहा जो कुंती को 'खुली लगाम की घोड़ी' कहकर सम्बोधित कर दिया।

करण ने राघव के कथन का कोई जवाब नहीं दिया अपितु एक अनपढ मल्लाह और उसकी नाव में बैठे उस विद्वान के बारे में सोचने लगा जो नदी की बीच मजधार के भंवर में फंस गई थी।

विद्वान अपनी शिक्षा को सर्वोपरीय समझता था। वह समझता था कि उससे बड़ा विद्वान, चतुर एवं बुद्धिमान कोई नहीं है। उसने विद्या ग्रहण करके अपना जीवन सफल बना लिया है। अपने अहंकार वश उसने मल्लाह से पूछा, "क्या तुमने कुछ शिक्षा ग्रहण की है"?

"नहीं साहब मैं तो अंगूठा टेक हूँ।"

विद्वान ने इतने निराश होकर कहा जैसे मल्लाह पर तरस खा रहा हो, "ओ हो फिर तो आपने अपना आधा जीवन यूँ ही गवाँ दिया।"

इतने में नाव को भँवर में फंसते देख मल्लाह ने विद्वान से पूछा, "क्या आपको तैरना आता है"?

जवाब में विद्वान ने कहा, नहीं।

मल्लाह ने उठकर नाव से बाहर छल्लांग लगाते हुए चिल्लाकर कहा, "तब तो आपका पूरा जीवन ही बेकार है क्योंकि मैं नाव से कूदकर अपना आधा जीवन तो बचा ही लूँगा।"

कहने का तात्पर्य है कि राघव जी के पढ़ाई में लिए स्वर्ण पदक हासिल करने का समझो कोई लाभ नहीं हुआ क्योंकि वे अपनी गृहस्थी चलाने में बिलकुल नाकामयाब रहे थे। उन्होने कुंती को खुली लगाम की घोड़ी तो कह दिया परंतु घोड़ी को लगाम लगाकर सही रास्ते पर लाना नहीं सीख सके।

करण को अपने ख्यालों में खोया देख राघव ने उसकी तंद्रा भंग करते हुए कहा, "भाई साहब अब मेरी एक समस्या का निदान करो"।

"कहिए भाई साहब मेरे लायक क्या सेवा है।"

"जैसा कि मैनें अभी बताया था कि फिलहाल कुंती के लिए मैनें एक मकान किराए पर ले दिया है। परंतु मेरे विचार से एक अकेली औरत का किराए पर रहना ठीक नहीं रहेगा।"

"आप के विचार नेक हैं।"

"इसलिए मैं चाहता हूँ कि अपना एक मकान बनवा लूँ।"

"अगर बसने का विचार वहीं का है तो बहुत अच्छा रहेगा।"

"परंतु....." , कहकर राघव चुप होकर करण को निहारने लगा।

"परंतु, क्या भाई साहब?"

"एक दुविधा है।"

"कैसी दुविधा?"

राघव ने सकुचाते हुए अपना दिल खोला, "मकान बनाने के लिए मेरे पास रूपये कुछ कम पड़ेगे।"

"कितने?"

"लगभग साठ पैंसठ हजार।"

"उसकी आप चिंता न करें।"

"आप कैसे तथा कहाँ से करोगे?"

"बैंक के हर कर्मचारी को दो लाख रूपए का ऋण मिल जाता है। उसमें से जितना आपको पैसा चाहिएगा उतना दिलवा दूँगा। आप हर महीने मूल राशी और उसका ब्याज जो बनेगा, देखकर बैंक में जमा करवा दिया करना।"

"मैं हर महीने जमा नहीं कर पाऊँगा। मैं पैसा आपको भेज दिया करूँगा। आप खुद ही बैंक में जमा करवा दिया करना।"

"जैसी आपकी मर्जी। मुझे किसी प्रकार का एतराज नहीं है।"

और राघव ने ग्वालियर में अपने साले संत राम की देखरेख में एक मकान बनवा दिया। इस तरह अपने सभी सगे सम्बन्धियों से नाता तोडकर कुंती अकेली अलग रहने लगी। अब वास्तव में ही वह एक खुली लगाम की घोड़ी की तरह हो गई थी।

5

पूत के पाँव

बात उस समय की है जब कुंती कवांरी थी। उसके भाई संत राम का विवाह श्री राम सहाय के साथ बैंक में कार्यरत श्री ईशवरी प्रसाद जी की लड़की सुमन के साथ सम्पन्न हुआ था। सुमन एक पढी लिखी और स्वतंत्र विचारों वाली लड़की थी। वह यह सोचकर आई थी कि जैसे बाहर शहर में रहने वाले परिवारों में थोड़ा खुलापन होता है उसी प्रकार उसे अपनी ससुराल में भी मिलेगा। परंतु अपनी ससुराल में आकर जब उसको ऐसा कुछ नहीं मिला तो उसकी सारी आशाओं पर पानी फिर गया। उसकी ससुराल थी तो शहर में परंतु उसमें रहने वालों की विचारधाराएँ गाँव में बसर करने वालों जैसी थी। घूंघट का प्रचलन, ऊपर से नीचे तक ढके दबे रहना, न खुलकर बोलना न हँसना ऐसे वातावरण में सुमन का मन बौखला उठा। वह अपने को पिंजरे में बन्द एक पक्षी के समान समझने लगी। कुसुम इस माहौल से थोड़े दिनों में ही ऊब गई और उसने आजाद होने की ठान ली। एक दिन रात को बिना किसी को बताए वह अपनी ससुराल छोड़कर अपने पीहर चली गई।

इसके कुछ दिनों बाद संत राम के बड़े जीजा जी श्री शिव प्रकाश जी के पिता जी श्री मुकंदी लाल जी ने अच्छनेरा के पास एक गाँव नगर–फतेहपुर सिकरी से संत राम का रिस्ता आशा नाम की लड़की से करवा दिया। कुसुम तो स्वछन्द विचारों वाली लड़की थी इसलिए उसका निर्वाह न हो पाया था। अब यह आशा ठेठ गँवार थी अर्थात घर वालों की आशा से ज्यादा सीधी सादी। एक तो नई दुलहन को ससुराल में अपने को स्थापित करने में समय लगता है ऊपर से अगर वह ठेठ गाँव से शहर में आई हो तो फिर राम जाने उसके साथ क्या–क्या बितती है। मसलन मैदान जंगल, शौच, नहाना धोना, घर का रख रखाव, खाना पीना, पहनना–ओढना, बोलना–चालना यहाँ आशा के लिए सभी कुछ तो नयापन लिए था। इसलिए उसकी ससुराल में आशा के साथ भी उसकी आशाओं के विपरित व्यवहार होने लगा। एक बच्चे को जन्म देते–देते वह इतनी तंग आ गई कि अपने चार महीने के नवजात शिशु को छोड़कर अपने पीहर चली गई। चार महीने बाद किसी तरह समझा बुझाकर आशा को वापिस लाया गया।

इन चार महीनों में कुंती ने ही आशा के नवजात शिशु (अपने भतीजे अशोक) का पालन पोषण किया था। वापिस ससुराल आने पर आशा को अशोक के प्रति अपनी ममता का गला घोंट कर बहुत बड़ी कीमत चुकानी पड़ी। क्योंकि कुंती ने, आशा के गिड़गिड़ाने व माफी माँगने के बावजूद, अशोक को हाथ भी नहीं लगाने दिया। आशा की ससुराल के सभी सदस्यों ने आशा का कोई साथ नहीं दिया बल्कि उसे सभी ने नकार सा दिया। अब कुंती ही अशोक को उठाती, उसे स्कूल के लिए तैयार करती, उसका नाशता बनाती, स्कूल छोड़कर आती तथा छुट्टी होने पर स्कूल से वापिस लाती। मतलब अब कुंती ही अशोक की सब कुछ बन चुकी थी। आशा यह सब कुछ होते देख अपना मन

मसोश कर रह जाती थी। उसमें इतनी हिम्मत न थी कि किसी के सामने अपना मुँह खोल सकती।

समय व्यतीत होने लगा। कुंती की शादी हो गई। उस समय तक अशोक अपने जीवन के बारह बसंत देख चुका था। अब वह सब कुछ समझने लायक हो गया था। परंतु कुंती के व्यवहार ने अशोक के कोमल ह्रदय में बचपन से ही उसके अपने माता पिता के प्रति नफरत एवं घृणा के जो बीज बो दिए थे जो अब कुंती की विदाई पर उनके लिए नासूर बन चुके थे। कुंती के ससुराल जाने के बाद भी अशोक को, उसके सरंक्षकों ने, उसकी माता आशा के नजदीक फटकने नहीं दिया।

इसमें अशोक के पिता संत राम की भी बहुत बड़ी कमी रही। वह पैसा खर्च करने के मामले में कमजोर नीयत का इंसान था। अशोक को अपने पास न रख कर वह उस पर होने वाले हर खर्चे से आजाद था। पैसों के पीछे उसने अपने प्रति अपने लड़के की घृणा का कोई मूल्य नहीं आँका। जिसके लिए आगे चलकर संत राम को बहुत भारी कीमत चुकानी पड़ी।

कुंती अपना मकान बनवा कर थाटी पुर (ग्वालियर) में रहने लगी थी। वह प्रत्येक दिन या तो स्वयं थाटी पुर से लशकर चली जाती या अशोक को थाटी पुर अपने पास बुला लेती थी। इस प्रकार शादी के बाद ग्वालियर बसने से एक बार फिर वह अशोक की सर्वेसर्वा बन गई थी।

अशोक ने गरेज्यूशन कर ली थी परंतु वह अभी कुछ काम नहीं करता था। कुंती ने तिगड़म भिड़ाकर अपने मकान के सामने ही अशोक की एक परचून की दुकान खुलवा दी जिससे उसका रोज का लशकर का आना जाना भी समाप्त हो जाए तथा अशोक को अपनी छत्रछाया में भी रख सके। परंतु बदकिशमती से वह दुकान का कारोबार ढंग से न चला सका और अशोक को वह

दुकान बन्द करनी पड़ी। दुकान को छोड़कर अशोक ने ग्वालियर में ही नए खुले टाटा सर्विस सैंटर में नौकरी कर ली।

टाटा सर्विस सैंटर में नौकरी करते हुए अशोक अप्रत्याशित तरक्की करने लगा। थोड़े ही दिनों की नौकरी में उसने इतना कमा लिया कि तानसेन नगर में उसने एक प्लाट भी ले लिया। उसकी तरक्की को देखते हुए उसकी शादी भी ग्वालियर की एक सम्भ्रांत परिवार की एक पढ़ी लिखी लड़की माया से हो गई।

माया का पति अशोक अपनी बुआ कुंती का अपने सिर पर हाथ फिरवाते–फिरवाते उसके लिए एक वफादार व पालतू प्राणी की तरह बन चुका था। अमूमन ऐसा होता है कि नई नवेली दुल्हन अपनी ससुराल में अपने पति के पद चिन्हों पर चलना पसन्द करती है। माया ने भी वही किया। उसने अशोक का अनुशरण करते हुए अपनी बुआ जी को अपना सर्वेसर्वा मान लिया। आशा जो अभी तक अशोक के लिए एक बेगानी थी तथा जो न जाने अपने मन में कितनी आशाएँ और सपने संजोए थी कि अशोक की शादी के बाद उसकी दुल्हन आकर उसके लड़के के दिल से उसके प्रति भरी सारी गल्त धारणाओं को समाप्त करके उसके परिवार में मंगलमय वातावरण बनाने में सहायक सिद्ध होगी। आशा की आशाएँ केवल आशा ही होकर रह गई। माया भी जीवन की दौड़ में कुंती के प्रभाव से अछूती न रह सकी। वह अपनी सास तथा अपनी ददिया सास का कोई सम्मान न करते हुए उनसे लड़ झगड़ कर अलग हो गई तथा एक तरह से अपनी बुआ जी के सामने उसने भी अपने घुटने टेक दिए।

अशोक ने अपने दादा जी, श्री राम सहाय जी, के मकान की पहली मंजिल को अपना आशियाना बना लिया। उसका पिता संत राम, अपने पिता के साथ अनबन चलते, अपनी पत्नि के साथ ग्वालियर की शिवाजी कालोनी में किराए पर रहता था।

राम सहाय जी ने अपनी नौकरी के दौरान अपने परिवार का लालन पालन बहुत सुन्दर ढंग से किया। भिंड जैसे बीहड़ इलाके में नौकरी करते हुए भी उन्होने अपने बच्चों को किसी प्रकार की कोई तकलीफ नहीं होने दी थी।

जब कुंती की शादी हुई थी तो राम सहाय जी अपनी सैंट्रल बैंक की नौकरी से रिटायर हो चुके थे। वे बहुत ही सरल, सादा तथा मृदुभाषी इंसान थे। अपने जीवन के हर पहलू को वे बहुत सोच समझ कर अपने ही अन्दाज में जीते थे। अपने रिटायरमैंट से पहले ही उन्होने अपना एक ध्येय नियुक्त कर लिया था कि उन्हें आगे अपनी जिन्दगी का सफर कैसे तय करना है। अपनी लड़की की शादी के लिए होने वाले खर्च को भाँप कर उसका पैसा अलग रख दिया था।

राम सहाय जी ज्योतिष विद्या में कुछ ज्यादा ही विशवास रखते थे। ज्योतिषियों ने उनकी आयु पचहत्तर वर्ष आँकी थीं उसी के अनुसार उन्होने अपनी बाकी की जमा पूँजी को हर महीने के खर्च के अनुसार बाँट कर रख दिया था। अपनी आयु को निशचित पचहत्तर वर्ष मान वे आनन्दपूर्वक अपना जीवन बिता रहे थे।

परंतु वे यहाँ चूक गए। वे पचहत्तर वर्ष पार कर गए। ज्योतिषों पर अंध विशवास करने के कारण उनकी नकदी ने जवाब देना शुरू कर दिया था। अब आगे अपना खर्चा चलाने के लिए उनके पास केवल एक ही विकल्प रह गया था कि वे अपने गहने बेच दें जो वे अपने बच्चो के भविष्य के लिए सुरक्षित छोड़ देना चाहते थे। इस समस्या के समाधान के लिए उन्होने अपने मंझले दामाद करण को सन्देशा भेज कर बुला लिया।

"कुंवर जी मेरे सामने एक गम्भीर समस्या आ गई है।"

"बाबू जी वह समस्या क्या है?"

"रूपयों की। अपने घर के खर्चे की।"

"क्यों अचानक ऐसी क्या बात हो गई?"

"यह अचानक नहीं आई है। यह मेरी गल्त धारणा के कारण आई है।"

करण आश्चर्य से, "गल्त धारणा?"

"हाँ", असल में मैनें ज्योतिषियों के चक्कर में पड़कर अपनी उम्र महज पचहत्तर वर्ष आँक कर उसी अनुसार अपनी सारी पूंजी खर्च कर डाली। परंतु अब सतहत्तर वर्ष पार करने पर भी मैं जिन्दा हूँ।

"आपने........?"

करण कुछ पूछना चाहता था कि उसके ससुर ने उसका आशय समझते हुए उसे बीच में ही टोकते हुए कहा, "बस इस बारे में और कुछ मत पूछना। मैं खुद शर्मिन्दा हूँ कि ज्योतिष को पत्थर की लकीर क्यों मान बैठा।"

करण ने अपनापन दर्शाते हुए कहा, "अगर आप एतराज न मानों तो आपका खर्चा मैं उठाने को तैयार हूँ?"

"इसके लिए आपका बहुत–बहुत धन्यवाद परंतु मैं ऐसा कभी नहीं चाहूँगा।"

"फिर आप चाहते क्या हैं?"

"फिलहाल मैनें अपनी एक सोने की रामनौमी का हार बेच दिया है तथा अपने खर्चे का इंतजाम कर लिया है। परंतु मुझे लगता है कि इससे भी काम नहीं चलेगा। मेरी सेहत के हिसाब से मैं अभी मरने वाला नहीं हूँ। (अपने चेहरे पर एक मुस्कान लाते हुए वे आगे बोले) इसलिए मुझे ये रूपये भी कम पड़ते नजर आ रहे हैं।"

"तो फिर आपका क्या विचार है?"

"अब मैं चाहता हूँ कि मेरे पास जो एक सोने की तगड़ी है उसे भी बेच दूँ। (फिर थोड़ा सोचकर) तगड़ी शुद्ध सोने की है। सुनार से मोल भाव लगवा कर उसे आप ले लो।"

"बाबू जी यह ठीक नहीं रहेगा। सभी मुझ पर शक करेंगे।"

"मैं आपको लिखकर दे दूँगा कि मैनें वह तगड़ी बेची है।"

"सो तो आपकी बात ठीक है परंतु सबसे पहला हक इस पर संत राम का है। वैसे इस बारे में एक बार सभी को बताना ठीक रहेगा।"

"जैसी आपकी मर्जी। मुझे तो बेचनी ही है।"

इसके बाद करण ने संत राम, शिव प्रकाश, राघव एवं अशोक से उस तगड़ी को खरीदने का आग्रह किया परंतु कोई राजी नहीं हुआ तो अपने ससुर की मनोइच्छा की पूर्ति करते हुए वह तगड़ी 45000/– रूपये में खुद खरीद ली।

"बाबू जी अब मेरी एक सलाह और मान लो।"

"वह क्या है?"

"अब आपके पास जितना भी पैसा है वह बैंक में जमा करा दो।"

"कुवंर साहब अब इसकी क्या जरूरत है?"

"बाबू जी समय का क्या भरोसा कि किस करवट बैठता है। इसलिए पैसा खर्च करने की बजाय उसके ब्याज से काम चलाना ही अक्लबन्दी है।"

और इस प्रकार बैंक में जमा पूंजी के ब्याज से राम सहाय जी का खर्चा सुचारू रूप से चलने लगा।

अपने दादा जी का जीवन निर्वाह सुख शांती से चलता देख अशोक को खलने लगा। उसने मकान का पानी, बिजली तथा टूट–फूट का खर्चा देना बन्द कर दिया। अशोक की अपने माँ

बाप से तो बनती न थी अतः समस्या समाधान के लिए करण को ही हस्तक्षेप करना पड़ा।

करण ने अशोक से सीधा सवाल किया, "तुम क्या चाहते हो?"

"मेरे कमरे का प्लास्टर उखड़ गया है उसे ठीक कराना।"

"तो करा लो इसमें समस्या क्या है?"

"कोई खर्चा देगा तब न।"

"खर्चा किससे लेना चाहते हो?"

"मकान मालिक से।"

"आप मकान मालिक की क्या सहायता करते हो?"

"कुछ नहीं।"

"मकान मालिक की कमाई क्या है?"

"मुझे इससे कुछ लेना देना नहीं।"

"अगर तुम्हें उनसे कुछ लेना देना नहीं है तो उनके मकान में क्यों रह रहे हो?"

"मतलब?"

"मतलब साफ है कि अगर इस मकान में रहना है तो टूट फूट, पानी, बिजली इत्यादि का पूरा खर्चा तुम्हें उठाना पड़ेगा। इसके साथ–साथ पाँच सौ रूपये अपने दादा जी को उनके खर्चे के लिए हर महीने देने होंगे।"

अशोक तिलमिला कर, "मैं क्यों दूँगा?"

करण ने अशोक को खरी खोटी सुनाते हुए उसे बहुत कायल किया, "तुम्हें ऐसा कहते हुए शर्म आनी चाहिए। जिस व्यक्ति ने तुम्हारे बाप के होते हुए तुम्हें अच्छा पढाया, लिखाया उसे ही, जब वह बेबस हो गया है तो, आँखे दिखा रहे हो। लगता है तुम्हारे अन्दर इंसानियत नाम को भी नहीं रह गई है। तुम्हें तो

खुद उनके कहे बिना उनके पालन पोषण तथा सेवा सुश्रा का उचित प्रबंध रखना चाहिए इसके विपरित तुम्हारी इच्छा है कि वे अब भी तुम्हारा भार उठाएँ।"

"अभी तुम जवान हो। कमा सकते हो तथा कमा रहे हो। ये बुजूर्ग किस लायक हैं। और हाँ अगर ऐसा नहीं कर सकते तो मकान खाली करके जाओ ये अपना मकान किराए पर देकर खर्चा चला लेंगे।"

इस पर अशोक कुछ न बोला और चुपचाप उपर चला गया। इसके थोड़े दिनों बाद जब करण अपनी लड़की प्रभा की शादी का कार्ड देने ग्वालियर गया तो पता चला कि इस घटना का कुंती पर प्रतिकूल असर पड़ गया था। इसका असर उसने तब महसूस किया जब वह कुंती के घर कार्ड देने गया। करण ने कुंती के घर के दरवाजे पर खड़े होकर कई आवाजें लगाईं तथा कई बार दरवाजा भी खटखटाया परंतु उसने दरवाजा न खोला। हारकर वह शादी का कार्ड कुंती के मकान के दरवाजे पर ही टाँगकर चला आया।

ग्यालियर में अपनी सास से करण को पता चला कि कुंती ने उनके पास भी आना जाना छोड़ दिया था। अशोक के कारण अपने बाप से भी वह इतनी रूष्ट हो गई थी कि उनकी बिमारी का हालचाल भी लेना उसने गवाँरा न समझा।

कुंती की अड़ के आगे उसके लड़के सागर व उसके पति राघव की भी एक न चली। उसने उन दोनों का उस घर से नाता तुड़वा दिया तथा उनका वहाँ आना–जाना बन्द करवा कर ही दम लिया।

समय ने किसी को नहीं बख्शा फिर भला राम सहाय को कैसे बख्शता। वे स्वर्ग सिधार गए।

राम सहाय जी की तेरहवीं का दिन था। सभी करीबी रिस्तेदार ग्वालियर पहुँच चुके थे। औरतों में जन्मी एक फुसफुसाहट बैठे हुए मर्दों के बीच भी तैर गई। उस फुसफुसाहट के मद्देनजर जय प्रकाश जी, जो राम सहाय के ताऊ जी के लड़के थे, चारों ओर नजर घुमाने के बाद, करण से बोले, "आपके छोटे साढू कहीं दिखाई नहीं दे रहे?"

"दिखेंगे तो तब जब वे यहाँ होंगे।"

"क्या अभी आए नहीं?"

"मैं इस बारे में कुछ नहीं जानता।"

वेद प्रकाश ने संतोष को देखकर उसे आवाज लगाई, "अरी संतो जरा यहाँ आना।"

"हाँ चाचा जी, क्या बात है?"

"कुंती कहाँ है?"

"अपने घर पर होगी।"

"क्यों वह क्यों नहीं आई?"

"मुझे कुछ नहीं पता।"

वेद प्रकाश ने फिर संत राम से जवाब तलब किया, "कुंती को क्या हुआ?"

"चाचा जी उसकी कुछ न पूछो। वह किसी की नहीं सुनती।"

"परंतु उससे एक बार पूछना तो चाहिए कि क्या नाराजगी है जो ऐसे मौके पर भी उनमें से कोई नहीं आया।"

"मैं तो कह आया था तथा कार्ड भी दे आया था।"

"चलो एक बार हम चलते हैं।"

"चाचा जी आप ही चले जाओ क्योंकि यहाँ का इंतजाम भी देखना है।"

वेद प्रकाश जी करण को अपने साथ चलने को कहते हैं तो वह कुछ सोचकर कुंती के यहाँ जाने से मना कर देता है। शिव प्रकाश जी भी आनाकानी करके अपना पल्ला झाड़ लेते हैं।

वेद प्रकाश जी अपने भाई विजय प्रकाश जी के साथ कुंती को मनाने जाते हैं परंतु निष्फल वापिस लौट आते हैं।

राम सहाय जी के मरने के बाद अशोक अपने को उस मकान का मालिक समझने लगा। वह तथा उसकी पत्नि माया अपनी ददिया सास को हर कदम पर टोकने लगी। उनकी सेवा करना तो दूर उन पर कई प्रकार के लाँछन लगाने लगी। माया का अपनी दादस के प्रति भाषा का पुट ही बदल गया। उनका नहाना धोना, रहना सहना तथा चौका चुल्हा एक कमरे तक ही सिमित कर दिया गया अर्थात बेबस कस्तूरी मकान मालकिन होते हुए भी एक कमरे में ही गुजारा करने पर मजबूर कर दी गई।

करण एक बार अपनी सास से मिलने गया तो उनका रहन सहन देखकर सकते में आ गया।

"यह क्या माता जी, आप अपना खाना खुद पकाती हैं?"

"हाँ बेटा मेरी किस्मत में ऐसा ही लिखा है।"

"आप ऐसा क्यों कहती हैं, भगवान ने तो आपकी किस्मत बहुत अच्छी बनाई है।"

"कैसे।"

"आपको तीन–तीन पोते दिए हैं।"

"पोते दिए जरूर हैं परंतु किसी काम के नहीं दिए। एक को पत्नि दी है वह भी पूरी चांड़ाल दी है।"

"क्यों उसने क्या किया है?"

सास करण को अपना हाथ दिखाते हुए जिस पर दातों से काटे घेरे का निशान तथा नीलापन अभी भी दिखाई पड़ रह था, "ये देखो।"

आश्चर्य से, "माता जी यह क्या हुआ?"

"आपके पोते की बहू का दिया तोहफा।"

"क्या", आश्चर्य से करण अपनी सास का चेहरा देखता ही रह गया।

"हाँ जी, तीन दिन पहले मैं बाथरूम में नहा रही थी। माया ने मुझे अन्दर देखकर किवाड़ खटखटाने शुरू कर दिए। साथ ही साथ अपनी जबान को बे–लगाम करके खरी खोटी सुनाने लगी।"

"सुबह–सुबह घुसकर बैठ गई बाथरूम में।"

"पता नहीं बन ठन कर इतनी सुबह कहाँ जाने का इरादा है।"

"सिर पर तो कोई है नहीं जो कुछ कहेगा।"

"रान्नी घोड़ी की तरह उड़ी फिरती है।"

"सौ बार कह रखा है कि अपने कमरे में नहाया कर।"

"शायद पहले वाले डंड़े की मार भूल गई है।"

"मरती भी तो नहीं जो हमें चैन पड़े। बाहर निकल तूझे आज ऐसा सबक सिखाऊँगी कि आगे से हमेशा याद रहे।"

और ज्यों ही मैं घुसलखाने से बाहर आई माया ने मेरा एक हाथ पकड़कर अपने जबड़े के सारे दाँत इस हाथ में घुसेड़ दिए। मैं किससे कहती। यहाँ मेरी सुनने वाला कौन था। दर्द के मारे बहुत देर तक रोती रही और अपने दूसरे हाथ से सहला कर उसे कम करने का प्रयास करती रही।

अपनी सास की व्यथा की आप बीती सुनकर करण को बहुत गुस्सा आया। उसने संत राम, आशा, अशोक तथा माया को बुला लिया। तथा अपनी सास का नीला पड़ा हुआ हाथ दिखाते हुए माया को सबके सामने अपनी ददिया सास से माफी माँगने का आग्रह किया।

इससे पहले कि माया कुछ प्रतिक्रिया दिखाती अशोक बौखला कर अपने पैर पटकते हुए कहने लगा, "सब काम हम ही गलत करते हैं। दूसरा तो दूध का धुला है। जब देखो हमारा ही दोष निकाला जाता है। मैं तो इस रोज–रोज के क्लेश से परेशान हो गया हूँ। मैं ही छत से गिरकर अपने को खत्म कर लेता हूँ। न रहेगा बाँस न बजेगी बाँसुरी।" कहकर अशोक झीने पर चढने लगा।

घर के सारे सदस्य एक साथ चिल्ला उठे, "अरे कोई पकड़ो, अरे कोई पकड़ो। वह अपनी जान दे देगा। वह मर जाएगा।"

संतोष ने भी करण की तरफ देखकर कहा कि वह ही अशोक को पकड़ ले परंतु वह निशचल खड़ा देखता रहा। यही नहीं उसने संतोष को भी हिदायत दे दी कि वह अशोक को रोकने की कोई प्रतिक्रिया न दिखाए।

करण उस घर के वातावरण से बखूबी परिचित हो गया था तथा जानता था कि उस घर में एक से बढकर एक ड्रामें बाज है। वही हुआ, जब अशोक ने जाना कि उसके पीछे उसे पकड़ने कोई नहीं आ रहा तो वह उपर की छत पर जाकर बैठ गया तथा थोड़ी देर में साथ वाले की छत पर होता हुआ अपने किसी दोस्त के घर जा बैठा।

इसके बाद करण ने माया को चेतावनी दे दी कि अगर इसके बाद उसने अपनी ददिया सास के साथ किसी प्रकार की भी कोई बदतमीजी या हरकत की तो उसे खुद हस्तक्षेप करके उन्हें सबक

सिखाना पड़ेगा। उस दिन के बाद माया ने अपनी ददिया सास के साथ कोई घटिया हरकत करने का प्रयास भी नहीं किया।

इधर संत राम जो अपने पिता जी के स्वर्गवास के बाद कभी कभी अपनी माँ से मिलने चला जाता था अपने पुत्र अशोक की चाल समझ गया कि वह पूरे मकान पर कब्जा जमाना चाहता है।

अपने पिता जी के जीते जी संत राम ने कभी नहीं चाहा कि अपने बच्चों के साथ उस घर में रहे। करण द्वारा कई बार बाप बेटे के बीच सौहार्दपूर्ण वातावरण बनाने की चेष्टा भी संत राम के अड़ियल रवैये के कारण रंग न ला सकी।

छः महीने के अंतराल में राम सहाय जी की पत्नि कस्तूरी देवी भी स्वर्ग सिधार गई। वे अपने पास जमा पूंजी तथा 65000/- की आवृति जमा योजना की रसीदें भी अपने पुत्र संत राम के सुपुर्द कर गई।

दोनों की मृत्यु के बाद संत राम किराए के मकान को छोड़कर अपने पैतृक मकान में आकर रहने लगा परंतु उसके लड़के अशोक को यह पसन्द न आया तथा दोनों में झगड़े शुरू हो गए। इस समय तक अशोक ने ग्वालियर के तानसेन नगर में अपना मकान बना लिया था।

एक दिन करण को अशोक का एक पत्र मिला जिससे पता चला कि अशोक अपने बाप से उसकी जायदाद में से अपना हिस्सा लेकर सदा के लिए उनसे अलग रहना चाहता है। करण ने अशोक को समझाने के लिहाज से एक पत्र लिख दिया।

चिरंजीव अशोक, प्रसन्न रहो। आपका पत्र मिला। तुम्हारी मंशा का पता चला। मेरे विचार से जैसे आप अभी तक अपनी माता जी के ममत्व से वचिंत रहे हो आपकी माता जी ने भी आपको ममत्व न दे सकने के कारण बहुत कुछ खोया है। अब समय

आया है कि आप अपने माता पिता की छत्र छाया में रहकर अपना बचपन लौटा सकते हो, फल–फूल सकते हो। इस समय का सदुपयोग करते हुए, मेरे विचार से, अपने माता पिता के साथ रहना ही बेहतर होगा। आगे आप खुद समझदार हो। जैसा विचार बनें लिखना।

आपका

करण

अगले पत्र में अशोक ने साफ लिख दिया था कि वह किसी हालत में भी अपने माता–पिता के साथ नहीं रह सकता। अतः फैसला कराने आ जाओ। इसी आशय का एक पत्र अशोक ने अपनी बड़ी बुआ जी पार्वती को भी लिखकर उन्हें बुला लिया था। उसी अनुसार सभी ग्वालियर के लिए रवाना हो गए।

शाम ढलने को थी। थोड़ा–थोड़ा अंधेरे का धुंधलकापन छा गया था। शिव प्रकाश, पार्वती, संतोष तथा करण जब ग्वालियर घर पहुँचे तो वहाँ बाहर के कमरे में उनसे अनजान कई लोग बैठे थे। घर के अन्दर घर की सभी औरतें मसलन निशा, रिकी, अनीता तथा विजय की पत्नि इत्यादि बैठी थी परंतु मेहमानों को देखकर किसी ने इतनी इंसानियत नहीं दिखाई कि उन्हें अन्दर बुला लेती। न ही संत राम ने अपनी बहनों का कोई मान दिखाया। इसके विपरीत आए हुए मेहमानों में से किसी के दिल को उनके इस आचरण का कोई भारी आघात नहीं लगा क्योंकि मरने से पहले कस्तूरी देवी ने अपनी बेटियों को अपने पुत्र के बारे में इशारा करते हुए बता दिया था कि उसके जाने के बाद अगर उनका पीहर छूट जाए तो किसी प्रकार का मलाल न करें।

यह उनके कथन की शुरूआत थी। शायद पूत के पाँव जो माँ को पालने में नजर आए थे वे बहनों को अब नजर आए थे।

संत राम तथा उनका मंझला लड़का विजय अलग ही घुट्टी पका रहे थे। आए मेहमानों को देखकर बैठना देने की बजाय विजय ने एक अर्जी अपने बाप संत राम के हाथ में थमाते हुए बड़े ही उतावलेपन से कहा, "जल्दी दस्तख्त करो। फोर्स बुलानी है।"

करण जो विजय का उतावलापन देख कर दंग रह गया था पूछा, "क्यों आंतकवादी आ गए हैं क्या?"

"नहीं नहीं यहाँ कुछ भी हो सकता है।"

"क्या–क्या हो सकता है?"

"गोली भी चल सकती है।"

करण ने अपने हाथों को नचाकर दिखाया, "परंतु हम सब तो निहत्थे हैं। हमारे पास तो डंड़ा भी नहीं है।"

"फूफा जी आपको पता नहीं। आप यहाँ के बारे में कुछ नहीं जानते। मुझे जल्दी से थाने जाने दो।"

"मैं तुम्हे जाने से कभी नहीं रोकूंगा परंतु मैं यह भी जानता हूँ कि यह तुम्हारी हड़बड़ी केवल एक दिखावा मात्र है।"

बात बदलने के विचार से संत राम बीच में बोल पड़ा, "सिँह साहब आप जानते नहीं कि इसने (अपनी पुत्र वधु माया की ओर इशारा करते हुए) मेरे छोटे लड़के शशि पर रेप का इल्जाम लगाया है। वह तो क्या रेप करता अब मैं करूँगा इसके साथ रेप तब इसे पता चलेगा कि रेप क्या होता है।" अपने साले संत राम की बात सुनकर करण ने अपना आपा खो दिया तथा उसे डाँटते हुए लहजे में कहा, "खबरदार, अपनी जबान पर लगाम लगाओ। आपको शर्म आनी चाहिए ऐसे अल्फाज मुहँ से निकालते हुए। अगर फिर ऐसी हिमाकत की तो मेरे से बुरा कोई न होगा। समझे।"

करण के गुस्से को देखते हुए सब ऐसे शांत हो गए जैसे पानी डालने से आग शांत हो जाती है। फिर संत राम ने एक कागज करण की और बढाते हुए कहा, "इसे पढ़ लो।"

करण ने लिखा हुआ पढ़ा तो पता चला कि बाप बेटे के बीच होने वाले समझौते की शर्तें थीं। शर्तें पढकर करण ने वह कागज अशोक की ओर बढ़ा दिया तथा उससे कहा, "पढकर बताओ कि ये शर्तें तुम्हें मंजूर हैं या नहीं?"

"हाँ मुझे मंजूर हैं।"

संत राम ने भी मंजूरी की हामी भर दी तथा अशोक को उन कागजों पर दस्तखत करने को कहा।

जब गवाह (प्रत्यादर्शी) के दस्तखत करने की बारी आई तो संत राम के दामाद विजय कुमार जी (रिंकी का पति) ने कागज करण की ओर बढाने चाहे तो संत राम ने बीच में ही उन्हें झटक कर एक अनजान सज्जन जो वहाँ बैठे थे उनकी ओर बढ़ा दिए। विजय जी मूर्तिवत अपने ससुर की तरफ देखते रह गए।

बाप बेटे के बीच लेन देन की कार्यवाही हो चुकी थी। जिसके अनुसार संत राम ने 1,50,000/– रूपये देकर अशोक को अपनी जायदाद से भविष्य में किसी प्रकार के हक से वंचित कर दिया था।

शायद शिव प्रकाश तथा करण की ससुराल उनके सास ससुर की मृत्यु के साथ ही विलिन हो गई थी। वे शाम को जैसे अन्दर आए थे रात को उल्टे पाँव घर से बाहर हो गए। क्योंकि श्रीराम सहाय एवं श्रीमति कस्तूरी देवी की मृत्यु के बाद उनके इकलौते लड़के संत राम ने अपने पैर पसार दिये थे अतः उस घर में अब किसी के ठहरने के लिए कोई स्थान नहीं था। गनीमत रही कि अशोक की इच्छा पूर्ति में शामिल होने तथा उसे सहयोग देने से रात बिताने के लिए अशोक के घर में तीन घंटे के लिए सिर पर छत मिल गई थी।

अशोक के मकान में घर की सुविधा का हर सामान था। उसने एक गाड़ी भी ले ली थी। उसकी इस अप्रत्यातिश तरक्की को देखकर सभी अचम्भित थे। सभी को इसका अचरज था कि इतनी छोटी सी नौकरी में अशोक इतना सब कुछ कैसे कर पा रहा था। और एक दिन वही सामने आ गया जिसका सब को अन्देशा था कि कहीं न कहीं कुछ दाल में काला जरूर है।

अशोक के खिलाफ हेरा फेरी का मामला निकला। अशोक अपने दो साथियों के साथ रंगे हाथों पकड़ा गया। पता चला कि टाटा सर्विस सैंटर में तीनों मिलकर घोटाला करते थे। सर्विस सैंटर में जब कोई नई गाड़ी सर्विस के लिए आती थी तो ये लोग उसके ओरिजीनल हिस्से निकाल कर डुपलिकेट हिस्से लगा दिया करते थे तथा ओरिजीनल हिस्सों को पैक करके बेच दिया करते थे। शायद बचपन से ही बिना कोई मेहनत किए, अपनी बुआ से अच्छा खाना, अच्छा पहनना, भरपूर जेब खर्चा मिलने से अशोक की हराम की खाने की आदत बन चुकी थी। यह उसी का असर था कि अपनी उमड़ती आशाओं को पूरी करने के लिए उसने बेईमानी का रास्ता अपनाया।

6
बे-लगाम की घोड़ी

अबकी बार राघव जी जब करण के यहाँ आए तो संतोष की एक पैर की एड़ी में दर्द था। वे उचक–उचक कर चल रही थी। उनको ऐसा चलते देख राघव जी ने पूछा, "क्यों क्या हो गया?"

"इस एड़ी में दर्द रहता है।"

"कहाँ?"

"एड़ी के बीच में।"

"दिखाना कहाँ?"

जब संतोष ने अपनी चप्पल उतार कर अपनी एड़ी दिखाई तो राघव जी ने उसकी चप्पल में गढा देखकर आश्चर्य से कहा, "अरे आपने तो अपनी चप्पल में भी एड़ी के नीचे गढा कर रखा है।"

"इसी गढे की वजह से थोड़ी चल भी लेती हूँ अन्यथा चलना बड़ा मुशकिल हो जाता है।"

"कुछ दवाई ले रही हो?"

"डाक्टरों ने कहा है कि आपरेशन करना पड़ेगा।"

"आपरेशन क्यों?"

"उनके अनुसार मेरी एड़ी की हड्डी बढ़ गई है।"

"एक बार फिर ठीक से दिखाना।"

"धीरे से दबाना बहुत दर्द होता है।"

सब कुछ देखकर राघव जी ने होम्योपैथी की एक दवा लिखी तथा उसे बाजार से मंगा लिया। दवाई संतोष को देते हुए, "लो ये दिन में तीन बार ले लेना। देखना दो दिनों में ही आप दौड़ने लगेंगी।"

संतोष ने मजाक करते हुए कहा, "मुझे दौड़ना नहीं है बस ठीक से चलने लायक बनना है। इस पर सभी हँसने लगते हैं।

करण ने देखा कि राघव जी अपनी बाजूओं पर रूद्राक्ष की माला बांधे हुए थे। उंगलियों में भी कई प्रकार की अंगुठियाँ पहने हुए थे। पूछने पर उन्होने बाताया कि उन सब चीजों का उन्हें अच्छा ज्ञान है तथा इनके बारे में वे बहुतों को नेक सलाह भी दे चुके हैं।

करण ने जब राघव जी से ऐसा जाना तो उनकी तारीफ करते हुए बोला, "इन सबके धारण करने से ही पता चल जाता है कि आप तो कई विषयों में माहिर हो?"

अपने चेहरे पर विजयी मुस्कान लाकर राघव जी ने कहा, "मेरा ध्येय हमेशा दक्षता ही होता है।

करण ने थोड़ा झिझकते हुए, जिससे उनके कहे का राघव जी बुरा न मान जाएँ, धीरे से कहा, "आप जब ज्योतिष विद्या जानते ही हैं तो यह भी जानते होंगे कि ईशवर ने एक व्यक्ति का जो धंधा नियुक्त कर दिया है तो उसे वही अपनाना चाहिए।

पहले काम के रहते अगर वह दूसरों के काम में दक्षता हासिल करके उसका उपयोग करता है तो उसका परिणाम कभी कभी बहुत भयंकर होता है।"

राघव जी ने करण की ओर ऐसे देखा जैसे पूछ रहे हों कि आप यह सब कैसे जानते हैं?

फिर एक लम्बी गहरी साँस भरकर बड़ी शालीनता तथा बैठे दिल से कहा, "भाई साहब अकेले में समय काटे नहीं कटता। इन्हीं विषयों के अध्ययन में रूची लेकर अपना वक्त बिताने के साथ साथ कुछ समय के लिए अपनों को भुला लेता हूँ"।

लगा राघव जी का दिल अन्दर से बहुत व्यथित होकर रो रहा था।

सुना है अच्छे लोगों को भगवान अपने पास जल्दी बुला लेता है। राघव जी के साथ भी वही हुआ। अभी सागर महज चौदह वर्ष का था। राघव जी दो दिनों के लिए घर आए थे। आने वाले दिन की रात को अचानक उन्हें एक उल्टी आई और वे सुबह का सूरज न देख सके। उनका स्वर्गवास हो गया।

राघव जी की मौत की खबर सुनकर उनके भाई तथा एक दो रिस्तेदार तो आए परन्तु ऐसा प्रतीत होता था जैसे वे केवल उल्हाना उतारने या केवल औपचारिकता निभाने ही आए थे। क्योंकि उनमें से किसी ने भी राघव जी को अपना सगा मानते हुए कोई भी संस्कार अदा नहीं किए। उनकी तरफ के सारे रिती–रिवाज संत राम को ही पूरे करने पड़े। इसके विपरीत कुंती के व्यवहार को देखकर ऐसा लगता था कि वह भी उनके आने से खुश नहीं थी। अर्थात न तो वे आना चाहते थे और न ही कुंती उनको वहाँ देखना चाहती थी। वैसे भी इस हादसे के बाद राघव के घर से कभी भी कोई भी किसी प्रकार का हाल चाल पूछने कुंती के यहाँ नहीं आया। न ही कुंती सागर को लेकर

अपनी ससुराल गई। राघव जी के साथ उनकी चिता की अग्नि में जल कर सारे रिस्ते नाते भी भस्म हो गए थे।

बाहरवीं पास करने के बाद सागर ने पिलानी इंजिनियरिंग कालिज में दाखिला ले लिया। उसे वहाँ पाँच वर्ष बिताने थे। कुंती ग्वालियर में अकेली रह गई थी। अभी तक जो थोड़ा बहुत उसके उपर दवाब था वह केवल राघव जी का ही था जो अब इस दुनिया में नहीं थे। उसे कोई काम न था। कहते हैं खाली दिमाग शैतान का घर होता है। कुंती को और तो कुछ सुझा नहीं मकान के बारे में अपने भाई संत राम पर ही सौ तरह के इल्जाम लगाने शुरू कर दिए। कभी कहती मकान की रजिस्ट्री नहीं करते, कभी कहती बाल्मिकी के मौहल्ले में बसा दिया इत्यादि। उसने यह कभी नहीं सोचा कि संत राम ने उसका मकान बनवाने में कितनी मेहनत की थी। राघव जी तो महीने में एक ही बार, वह भी केवल दो दिनों के लिए ही, ग्वालियर आते थे और दो दिनों में मकान नहीं बन सकता था। एहसान मानना तो कुंती ने सीखा ही नहीं था फिर अब कैसे मान लेती। और इस तरह राघव जी के बाद जो उस पर थोड़ी पाबन्दी लगा सकता था उससे भी कुंती ने नाता तोड़ लिया। अब कुंती एक तरह से खुली लगाम की घोड़ी से बे–लगाम की घोड़ी बन गई थी। अब केवल एक अशोक ही ऐसा रह गया था जो उसका हमदर्द बन कर रह रहा था।

अपने भाई से नाता तोडने के बाद भी उसका खाली दिमाग शांत न रह सका। उसे बैठे–बैठे यह बात सताने लगी कि जिस मकान में वह रह रही है वह किसी और की सहायता से लेकर बनवाया गया था। उसको कौन समझाता कि लेन–देन तो दुनिया का दस्तूर है। और फिर करण ने कोई अपना पैसा लगाकर तो उनका मकान बनवाया नहीं था। उसने तो उनको केवल बैंक से ऋण दिलाया था जो राघव जी ने धीरे–धीरे चुकता कर दिया

था। परंतु अब कुंती के दिमाग के फतूर को शांत करने वाला कोई नहीं था। इसलिए उसने अपने आशियाने को औने–पौने दामों में बेचकर ही दम लिया और किराए पर रहंने लगी।

जब से राघव जी ने कुंती के सागर के प्रति लगाव का वर्तान्त सुनाया था करण ने कभी भी सागर से बात करने की कोशिश नहीं की थी। सागर को ट्रेनिंग पर गए एक वर्ष बीत चुका था। एक बार संतोष के बहुत जिद करने पर करण, सागर से मिलने पिलानी चला गया। यह कुंती को गँवारा न हुआ। थोड़े दिनों बाद कुंती ने सागर से कहलवा दिया कि अब उससे मिलने कोई न आए क्योंकि कालिज वालों ने इस पर प्रतिबंध लगा दिया है।

सागर अपनी ट्रेनिंग के बाद नौएडा में नौकरी लग गया। वहीं कुंती ने एक मकान किराए पर ले लिया।

जमानत मिलने के बाद अशोक ने ग्वालियर छोड़ दिया और एक बार फिर अपनी बुआ कुंती की छत्रछाया में आकर वफादारी दिखानी शुरू कर दी। धीरे–धीरे अशोक का सब सामान, जो उसने ग्वालियर में दिन दूनी रात चौगुनी तरक्की करके जमा किया था, बिकने लगा। मसलन उसका मकान, घर का बहुत सा सामान यहाँ तक की उसकी गाड़ी भी बिक गई। किसी को पता नहीं था कि नौएडा में अशोक क्या काम करता था। यहाँ तक कि उसकी पत्नि माया भी इस बारे में अनभिज्ञ थी। तभी तो पूछने पर वह साफ कह देती थी, "पता नहीं क्या करते हैं। मुझे तो इतना पता है कि घर का खर्चा नौकरी करके मैं चला रही हूँ।"

वास्तव में ही किसी को कुछ खबर नहीं थी कि अशोक करता क्या था। कभी तो वह कहता था कि उसका एक ट्रक चलता है जो गवालियर से मुम्बई माल ले जाता है। थोड़े दिनों बाद वह कहने लगा कि अब उसके पास दो ट्रक हो गए हैं। परन्तु

उसका एक भी ट्रक कभी किसी को दिखाई नहीं दिया। वह अपने निवास नौएडा से कई–कई दिन तक गायब रहता था और पूछो तो बताता था कि वह अपने ट्रकों की देख रेख में गया था परन्तु वास्तविकता यह होती थी कि वह बारी बारी से अपने किसी न किसी रिश्तेदार के यहाँ जाकर डेरा डाल लेता था और कुछ दिन रोटियां तोड़ कर वापिस आ जाता था।

ट्रकों के चलते एक बार वह कहने लगा था कि वह एक्सपोर्ट का काम करेगा और इसी बहाने अपने रिश्तेदारों से जो पहले से एक्सपोर्ट का काम करते थे मिलने मिलाने में तथा उनके यहाँ खाना खाते–खाते महीनों गुजार दिये। फिर उसकी निगाह आसाम की कोयलों की खानों की तरफ घूम गयी। मसलन काम तो उसने बहुत किए तथा सोचे भी परन्तु सब उसके ख्याली पुलाव ही निकले। उसे न कुछ करना था न किया ही।

वह खर्च करने के नाम पर एक की टोपी दूसरे के सिर पर पहनाने में माहिर था। उसका पैसा पाने का तरीका भी अजीब था। पहले वह बैंक से ऋण ले लेता था जो कभी वापिस नहीं करता था। फिर अपने रिश्तेदारों की तरफ हाथ बढ़ा देता था। एक रिश्तेदार द्वारा तकाजा करने पर दूसरे रिश्तेदार को फांस कर पहले वाले का आधा पैसा लौटा देता था। इस तरह कई लागों का वह कर्जदार बन गया था। सोचने की बात है कि अगर उसके ट्रक चल रहे होते तो माँगने की नौबत कैसे आती।

उसकी पत्नी ही नौकरी करके बच्चों का पेट पाल रही थी। ऊपर का खर्चा वह उन आधे पैसों के ब्याज से, जो उसने जबरदस्ती अपने नाम करा लिए थे, जब उन्होंने अपना गवालियर का मकान बेचा था, चला रही थी। अशोक ने कभी कोई पैसा माया के हाथ में नहीं थमाया। यह राज तब खुला जब माया

ने एक बार सबके बीच में कहा, "न जाने इनका क्या–क्या धंधा चल रहा है, घर का खर्चा तो मैं ही चला रही हूँ"।

अर्थात कुंती से चापलूसी के बदले फ्री में खुला जेब खर्चा मिलने के कारण अशोक कामचोर और नकारा हो गया जिसका उसको बाद में, अपनी पत्नी की आत्म हत्या के रूप में, बहुत भारी खामियाजा भुगतना पड़ा।

7
रिस्ता पक्का

समय के साथ सागर जवान हो गया। उसके रिस्ते आने शुरू हो गए। कुंती ने राघव जी के न होने से करण को यह कह तो दिया कि अगर कोई रिस्ता आता है तो बात कर लिया करें परंतु करण जानता था कि उसका बताया रिस्ता कुंती को कभी भी मंजूर नहीं होगा। फिर भी करण ने एक रिस्ता बताया। लड़की सागर की तरह बी. टैक. थी तथा नौएडा में ही विपरो कम्पनी में सर्विस कर रही थी। उसके पिता मुज्जफर नगर के मूल निवासी थे।

करण ने सागर से पूछा, "बोल सागर बी. टैक. लड़की चलेगी?"

"मौसा जी, मैं भी तो बी. टैक. ही हूँ।"

"लड़की की लम्बाई पाँच फुट एक इंच है।"

"चलेगी। क्योंकि इससे लम्बी लड़की ऊँची एड़ी की सैंडल में मेरे से लम्बी दिखाई देगी।"

"विपरो कम्पनी में काम करती है।"

"बिलकुल ठीक है।"

"बात आगे बढाकर देखूँ?"

"देख लो। आपके कहे अनुसार तो सब वाजिब है।"

"अपनी मम्मी जी से और राय ले लो।"

कुंती, सागर को अकेले में किसी से कोई बात करने नहीं देती थी। उसकी निगाह वहीं लगी रहती थी जहाँ सागर किसी से बात कर रहा होता था। करण के साथ बात करते देख वह वहाँ आ टपकी, "अजी क्या राय लेनी है।"

"यही कि एक लड़की है। लम्बाई पाँच फुट एक इंच है तथा विपरो कम्पनी में काम करती है। सागर की तरह बी.टैक करके नौएडा में ही लगी हुई है।"

"देखो जी, हमारे हिसाब से एक तो लड़की की लम्बाई कम है दूसरे हमें विपरो कम्पनी में काम करने वाली लड़की नहीं चाहिए।"

अपनी मम्मी की बात सुनकर सागर ने कहा, "क्यों विपरो में काम करने वाली में क्या दोष होता है।"

कुंती सागर को डाँटते हुए बोली, "चुप, मैने कह दिया न कि हमें उस कम्पनी में काम करने वाली लड़की नहीं चाहिए।"

अपनी मम्मी जी की फटकार सुनकर सागर मजबूर नजरों से अपने मौसा जी को देखता हुआ वहाँ से चुपचाप चला गया।

अपने अब तक के तजुर्बे से करण जानता था कि कुंती उसके बताए रिस्ते को अपने ऊपर एक एहसान मानेगी जो वह किसी हालत में चढने नहीं देगी। इसलिए करण ने अपने कदम फूंक फूंक कर रखना ही बेहतर समझा। अपने मन की यह धारणा करण ने अपनी पत्नि संतोष को भी उजागर कर दी परंतु वह यह समझना नहीं चाहती थी। वह तो अपने को सर्वेसर्वा मान

कर चल रही थी। निशछल प्रवृति की संतोष तो अपने को सागर की बड़ी मम्मी मानती थी। वैसे भी उसकी नजरों में उसके अपने बच्चे कई प्रकार के खोट रखते हैं परंतु दूसरे उसको हमेशा पाक साफ नजर आते हैं। फिर सागर तो उसकी अपनी मेहनत का फल था तो वह प्यारा क्यों नहीं होता।

जैसा करण सोचता था ठीक उसी प्रकार हुआ। कुंती एवं सागर ने शिव नारायण जी से उनकी लड़की शीतल के रिस्ते के तहत उसे देखने दिखाने की बात पक्की कर ली। इसके बाद उन्होने करण को इतला कर दी, "सागर के रिस्ते के बारे में शिव नारायण जी का फोन आए तो बात कर लेना।"

करण को क्या इतराज हो सकता था। वह तो नेकी कर कुएँ में डालने की तर्ज पर अपना फर्ज निभाना चाहता था।

एक दिन शिव नारायण जी का फोन आया, "भाई साहब मैं शिव नारायण बोल रहा हूँ।"

"नमस्कार जी, कहिए क्या बात है?"

"मैं आपसे सागर जी के बारे में कुछ पूछना चाहता हूँ"।

"पूछिए आप क्या पूछना चाहते हैं?"

"वे कहाँ के रहने वाले हैं?"

"वे चन्दौसी, जो उत्तर प्रदेश में है, के मूल निवासी हैं"।

इसके बाद करण ने एक–एक करके वे सब बातें शिव नारायण जी को बता दी जो उन्होने पूछी। मसलन ,

"सागर के पिता स्वर्गीय श्री राघव कुमार जी उत्तर प्रदेश सरकार में जिला गणना अधिकारी थे।"

"उन्होने अपना मकान ग्वालियर बनाया था जिससे उनका लड़का अच्छी शिक्षा प्राप्त कर सके।"

"जैसा कि आजकल अमूमन होता है उनका भी अपने घर वालों से आपसी प्रेम भाव बहुत कम था।"

"सागर उनका इकलौता लड़का है"।

"एक तरह से वह कुंती की देखरेख में ही पला बड़ा हुआ है क्योंकि राघव जी का तो मुशकिल में महीने में एक बार ही ग्वालियर जाना होता था।"

"ग्वालियर रहते हुए अपने साले से भी उनके मधुर सम्बंध न रह पाए। वही स्थिति अभी तक बरकरार हैं।"

"हाँ उनका भतीजा अशोक उनके निकट ही नौएडा में रहता है तथा अपनी बुआ से मेलजोल रखे हुए है।"

"सागर ने बिरला इंसटिट्युट आफ टैकनोलोजी से बी. ई. की डिग्री की थी।"

"इस समय वह अस. टी. माईक्रो कम्पनी जो नौएडा में ही है में नौकरी कर रहा है।"

"मेरे अनुभव के अनुसार उसमें कोई दोष या बुरी लत नहीं है।"

"मैनें ये जो सब बातें आपको बताई हैं वे उसके गुणों के हिसाब से उन्नीस ही पड़ेंगी।"

करण द्वारा कही सारी बातों को सुनने के बाद शिव नारायण संतुष्ट होकर बोले, "हाँ जी जो आपने उनके बारे में खुलासा किया है वैसा ही हमको बताया गया था।"

"अब और कुछ पूछना है तो बताओ?"

"मुझे इस बात की खुशी है कि आपने सब कुछ साफ–साफ बता दिया है। बस अब और कुछ पता करने की जरूरत नहीं है।" धन्यवाद।

करण ने शिव नारायण को यह कहकर सकते में डाल दिया, "परंतु मुझे बताना है।"

शिव नारायण भौचक्के से होकर बोले, "वह क्या?"

"यही कि अब तक जो बातें मैनें आपको बताई हैं वे सागर के हिसाब से उन्नीस ही हैं।"

अबकी बार शिव नारायण जी बहुत खुश होकर तथा हंसते हुए बोले, "भाई साहब आपने यह बात बहुत सुन्दर कही है।"

इसके बाद एक मॉल में हल्दी राम के एक आऊट लैट पर लड़का लड़की दिखाने का प्रोग्राम बना लिया गया। मिलने का समय रखा गया दिन के ग्यारह बजे। करण समय का पाबन्द था इसलिए वह अपने सभी के साथ ठीक ग्यारह बजे निश्चित स्थान पर पहूँच गया परंतु लड़की वालों की तरफ से वहाँ कोई दिखाई नहीं दिया। करण ने फोन करवा कर पता करवाया तो पता चला कि शिव नारायण जी अपने साथियों के साथ अभी रास्ते में ही थे।

खैर उनके आने पर देखा दिखाई तथा बातचीत का दौर शुरू हुआ। बात पक्की हो गई और लड़के व लड़की की रोका रूकाई हो गई। तय हुआ कि आगे के कार्यक्रम बनाने हेतू करण के गुड़गाँवा वाले मकान पर बैठक रहेगी।

चलते हुए करण ने कह दिया, "समय पर आने की कोशिश करना।"

करण का आशय समझते हुए शिव नारायण जी कुछ शर्माकर बोले, "जी, जी मॉल की तरह नहीं होगा।"

"परंतु मॉल पर तो आप समय पर पहुँच गए थे", करण ने बनते हुए कहा।

"बस अब और शर्मिन्दा न करो। मैं जान गया था कि आप वहाँ हमारे से पहले पहुँच गए थे। यह तो आपका बड़प्पन है जो आप ऐसा कह रहे हैं।"

सागर का रिस्ता पक्का करके सभी प्रसन्नतापूर्वक घर आ गए। परंतु करण महसूस कर रहा था कि कुंती तथा सागर इतने खुश नहीं दिखाई दे रहे थे जितना उनको होना चाहिए था। आखिर वे दोनों ही तो थे जो इस रिस्ते के सबसे नजदिकी रिस्तेदार बनने वाले थे तथा भविष्य में उन्हीं को निभाना था। उनके अनमने पन को भाँपते हुए करण ने कुंती से पूछ ही लिया, "क्या कुछ दुविधा है, नए रिस्ते से खुश नहीं हो क्या?"

कुंती कुछ अनमने मन से बोली, "नहीं नहीं ऐसी बात नहीं है।"

"तो फिर कैसी बात है, साफ–साफ कहो?"

कुंती ने थोड़ा अटकते हुए तथा मन मसोस कर कहा, "उन्होने. .बस.. ग्यारह.. लाख ..लगाने ..की कही है।"

करण आश्चर्य से, "कब कही?"

"वहाँ जब बाहर लॉन में बैठे थे।"

"मुझे तो पता नहीं।"

"आप वहाँ नहीं थे।"

"तो आपने वहीं उसी समय यह बात मुझे क्यों नहीं बताई।"

"मैने सोचा घर जाकर बता दूंगी।"

"अब बताने से क्या फायदा।"

बीच में संतोष ने अपना मत देते हुए कहा, "जो हो गया सो हो गया।"

कुंती को चैन न था अतः कहने लगी, "वैसे इसके सभी दोस्तों की जो शादियाँ हुई हैं वे कोई भी पंद्रह से कम की नहीं हुई।"

करण ने जोर देकर कहा, "सो तो ठीक है परंतु जब उन्होने ग्यारह कहे थे उसी समय बात करनी थी। अब तो उन्होने पक्का मान लिया होगा कि ग्यारह में मान गए हैं।"

इस बार सागर बोला, "वैसे मौसा जी ग्यारह में कैसे क्या होगा। इतना तो वे खुद ही खर्च कर देंगे फिर हमें क्या मिलेगा?"

संतोष ने फिर अपना तकिया कलाम वाक्य कह दिया, "देखो मुझे तो अब उनसे इस बारे में कहना अच्छा नहीं लगता परंतु मैं नहीं जानती। आगे आप जानो।"

थोड़ी देर के मौन के बाद करण ने माहौल एवं बात का रूख बदलने के लिए यह कहते हुए कि वह कुछ सोचकर शिवनारायणजी से इस बारे में बात करेगा पूछा, "फिलहाल यह बताओ कि लड़की कैसी लगी?"

कुंती मुस्कराते हुए ऐसे बोली जैसे ग्यारह की बात उसके दिल में फंसी हुई हो, "लड़की वगैरह तो सब ठीक है।"

"मुझे तो शीतल सागर से लम्बी लग रही थी", भाभी माया ने चुटकी ली।

प्रभा ने अपने भाई का पक्ष लेते हुए कहा, "वह इसलिए महसूस हो रहा था क्योंकि सागर का बैठने का तरीका ठीक नहीं था। वह कमर को टेढी करके बैठा था।"

"जब से चोट लगी है वह ऐसे ही बैठता है", कुंती ने साफ किया।

"परंतु अब सगाई तक अपनी आदत सुधार लेना, करण ने सागर को सलाह दी"।

संतोष ने महौल में खुशी की लहर को तेज करने के लिहाज से एक मजाकिया तौर पर कुंती की ओर देखते हुए कहा, "मुझे तो समधी और समधन बहुत पसन्द आए।"

एक बार को लगा कि कुंती आज पहली बार दिल से हँसी थी।

इस बीच करण ने यह सोचकर कि शिव नारायण से ग्यारह के बारे में कैसे बात करनी है उन्हे टेलिफोन मिलाया, "घर सकुशल पहुँच गए जी?"

"हाँ जी सब सकुशल पहुँच गए हैं जी।"

"रिस्ता पक्का करने में कोई त्रुटि तो नहीं रही?"

"नहीं जी ऐसी कोई बात नहीं है। अगर हमारी तरफ से रह गई हो तो मैं उसके लिए माफी चाहता हूँ।"

"शिव नारायण जी माफी माँगने वाली कोई बात ही नहीं है। वैसे मुझे आपसे एक बात कहनी है।"

"आज्ञा दिजिए हमें क्या करना है।"

करण सीधा अपने मुद्दे पर आते हुए, "सुना है आपने ग्यारह की बात कही है?"

"हाँ जी।" फिर जैसे शिव नारायण को अपनी भूल का एहसास हो गया हो बोला, "माफ करना जी मैं आपसे कहना भूल गया।"

"अगर आप मुझे वहीं कह देते तो अब बात करने की जरूरत ही न पड़ती। खैर बात यह है कि जब मैं पहली बार आपसे मिलने आपकी दुकान पर गया था तो मैनें बैठते ही आपकी हैसियत का अन्दाजा लगा लिया था।"

"वह क्या जी?"

"कि आप खुद ही ग्यारह से ज्यादा की पार्टी हैं।"

"अजी हम कहाँ इतना ऊँचा सोच सकते हैं।"

"मेरा अन्दाजा गलत नहीं हो सकता।"

"अच्छा जी तेरह कर लो।"

"तो फिर इन तेरह को मैं आपके कथन के अनुसार उन्नीस ही मान कर चलूँगा ईक्कीस नहीं।"

करण के ऐसा कहने से शिव नारायण की उन्मुक्त हँसी सुनाई दी तथा सुनाई पड़ा, "देख लेंगे जी।"

इस प्रकार कुंती एवं सागर की पहली समस्या का हल निकल गया था।

करण का पूरा परिवार सागर की शादी को लेकर बहुत उत्साहित था। माँ बेटे के साथ सब की सहानुभूति भी जुड़ी हुई थी क्योंकि उनको सहारा देने वाला कोई दिख नहीं रहा था। इसलिए सभी निष्कपट, निस्वार्थ एवं खुले दिल से सागर की शादी में हिस्सा लेने का मन बना चुके थे। वैसे तो करण भी इस हक में था कि सभी इसमें खुशी–खुशी शामिल हों परंतु कुंती के पुराने व्यवहार को भाँपते हुए उसके मन में एक शंका ने घर कर रखा था कि उसका कुछ भरोसा नहीं था कि वह कब, कहाँ तथा किस बात पर नाराज हो जाए और रंग में भंग कर दे। फिर भी संतोष के आग्रह से तथा यह सोचकर कि कुंती का लड़का सागर अब अपनी माँ को सम्भालने में समर्थ होगा, उसकी शादी का कार्य सम्पन्न कराने के लिए अपने कदम आगे बढा दिए।

शादी की तैयारियाँ होने लगी। शादी में कौन क्या करेगा तथा किस को क्या कार्य करना है के मुद्दों पर चर्चा होने लगी।

संतोष ने शुरू करते हुए कहा, "कुंती अपने मन में तूने बहू की सिर गूंथी करवाने के बारे में क्या सोचा है?"

"सोचना क्या है, और कौन है, बेबी को ही ये नेग करना पड़ेगा।"

"क्यों स्नेह वगैरह भी तो हैं?"

"हैं तो परंतु अब मैं किस किसके हाड़े खाते फिरूँगी।"

"देख कुंती हाड़े खाने की बात तो ये है कि समय पर तो न जाने किस–किस के हाड़े खाने पड़ते हैं। स्नेह वगैरह भी तो अपनी हैं।"

"सो तो ठीक है परंतु प्रभा ही करेगी।"

"इसी तरह अपने आगे तक की सोच लेना कि किस टेहले में किस रिस्तेदार को क्या भुमिका निभानी है।"

"देख संतो तुझे पता ही है कि भगवान के बाद मेरा आप लोंगो के सिवाय और कोई सहारा नहीं है। सागर के पापा जी की जगह उसके मौसा जी सारा काम देख रहे हैं तो सागर की बहन की जगह उनकी लड़की ही सारे नेग करेगी। और लड़के के जीजा जी के सारे नेग फिर मनोज जी को करने ही हैं।"

हालाँकि मनोज जी ने भी करण की तरह अपनी शंका जाहिर की थी कि वे मौसी जी के व्यवहार को समझ पाने में असमर्थ हैं इसलिए अपने को साधारण तरह से समारोह में सम्मिलित होने का प्रस्ताव रखा था। उनका यह सन्देह किसी हद तक वाजिब भी था।

जब कुंती के पिता जी बिमार थे तो मनोज जी उन्हें देखने ग्वालियर गए थे। उसी समय वे अपनी मौसी कुंती से मिलने की इच्छा से उनके घर चले गए। अभी तक उन्हें नहीं पता था कि उनकी मौसी करण से नाराज चल रही थी। वैसे भी करण से नाराजगी उनके बीच खट्टा बनने का सबब नहीं होना चाहिए था। परंतु ठूंठपन अपना रंग दिखा ही देता है। कुंती ने मनोज जी की कोई आवभगत नहीं की तथा वे थोड़ी देर अकेले मकान की छत पर बैठकर जैसे गए थे उल्टे पैर वैसे ही लौट आए थे।

परंतु सभी के यह कहने पर कि उस समय और अब में तो कुंती के व्यवहार में जमीन आसमान का अंतर दिखाई दे रहा है मनोज जी ने भी खुशी–खुशी सब नेग पूरे करने की हामी भर दी।

सागर की सगाई पर बहू की सिर गूंथी का काम प्रभा ने तथा अन्य काम माया, स्नेह, रानी एवं कुंती की बड़ी बहन पार्वती ने सम्पन्न कर दिए।

शादी की तैयारियाँ होने लगी। खरीद फरोखत तथा कैसे क्या कब और कहाँ करने के प्रोग्राम बनने लगे। प्रवीन ने सागर को अपना छोटा भाई मानते हुए अपनी मौसी को फोन मिलाया, "मौसी जी आप भाई की शादी अपने घर गुड़गाँवा से कर लो तो बेहतर होगा।"

कुंती ने उस समय तो कह दिया कि विचार करूंगी परंतु उसके बाद इस बारे में कोई जिक्र नहीं किया।

शादी के सामान की खरीदारी के लिए एक बार तो साथ गए परंतु उसके बाद तो बस पूछताछ तक की औपचारिक्ता तक ही सीमित रह गए। बताने के बावजूद काम अपनी मर्जी से होने लगे।

करण को कार्ड की छपाई का मजबून तो भेजा गया परंतु उसमें बताई गई फेर बदल को नजर अन्दाज करके वही मजबून छपवा दिया गया जो देखने के लिए भेजा गया था।

कार्ड में कुंती एवं सागर के नाम को छोड़ कर घर के उन सभी स्वर्गवासियों के नाम छपवाए गए थे जिनको शायद कुंती ने जीते जी कभी इज्जत न बख्सी होगी तथा सागर का उन्हें देखना तो दूर रहा उनका साया भी सागर पर न पड़ा होगा।

अपने पिता समान जीजा जी, श्री शिव प्रकाश जी का नाम भी अपने कार्ड में छपवाना जायज न समझा तो छोटे जीजा जी

करण की क्या औकात थी। लगा सागर की सगाई तक ही कुंती को दूसरों का साथ चाहिए था क्योंकि ऐसा महसूस होने लगा था कि उसके बाद उसने सभी से दूरी बनानी शुरू कर दी थी। लग्न पाँच दिन के बजाय तीन दिन का कर दिया गया उस पर भी किसी रिस्तेदार को मन से नहीं बुलाया।

पहले से प्रोग्राम बना था कि करण ही सागर की होने वाली ससुराल में उसकी शादी के कार्ड देने जाएगा। परंतु करण ने कुंती एवं सागर के रवैये तथा कार्ड के मजबून को देखते हुए कार्ड देने जाने में आनाकानी कर दी। उसने सोचा कि कार्ड तो वह ले जाएगा परंतु अगर वहाँ उससे किसी ने पूछ लिया कि आप कौन तो वह क्या जवाब देगा। वही बात हो जाएगी कि किसी ने पूछा पहचान मैं कौन तो सामने वाले ने कहा कि 'तू खाँमाखाँ'! तो करण खामाखाँ बनने से बचने ले किए कार्ड देने गया ही नहीं तथा सलाह दे दी कि जब सागर की ससुराल से लग्न पत्रिका देने आएँ तो कार्ड उन्हे ही थमा देना। कुंती की मंशा शायद पूरी हो गई थी तभी तो उसने करण से एक बार भी नहीं पूछा कि क्यों काड़ देने आप क्यों नहीं जा रहे?

मनोज जी को शादी के लिए बैंड बाजे तथा घोड़ी करने की कहने के बावजूद सागर ने उन्हें बिना बताए 38000/- रूपये की एक बैंड वाले को अग्रिम राशि भेज दी। जबकि मनोज जी ने 26000/- रूपये में जो बैंड कर लिया था उसकी जमा की गई अग्रिम राशि जब्त हो गई। इन सब कारनामों का आशय शायद किसी से कोई काम न कराकर अपने उपर एहसान न लेना था।

कुंती की बड़ी बहन एवं जीजा जी उसके घर शादी से एक सप्ताह पहले पहुँच गए तो उसे बहुत खल रहे थे। इन्हीं सब बातों को देखकर करण सोच रहा था कि सागर की शादी में अपने पूरे परिवार को ले जाना बेहतर न होगा क्योंकि जब दो

ही उसे खल रहे हैं तो हम आठ को वह झेल पाएगी भी या नहीं।

परंतु संतोष इतनी भाव विभोर एवं प्रसन्न थी जैसे उसके अपने तीसरे बेटे की शादी हो रही थी। वह हर बात में कह देती थी कि सागर तो मेरा सबसे प्यारा बेटा है। उसकी शादी में जाने के लिए वह बड़ी मुस्तैदी तथा लग्न से हर अलग–अलग टेहले में पहनने के लिए अलग नया कपड़ा लाई थी। बहू की मुँह दिखाई, रोटी कराई एवं उसकी नौतनी के लिए पहले से ही इंतजाम करके बैठ गई।

छोटे भाई की शादी के नाम पर संतोष ने प्रवीण तथा पवन के व्यापरिक संस्थान भी दो दिनों के लिए बंद करवा दिए थे। संतोष की प्रसन्नता को कोई ठेस न पहुँचे इस वजह से करण का पूरा परिवार तथा मनोज जी का पूरा परिवार खुशी–खुशी 18 जनवरी 2010 को लग्न वाले दिन कुंती के यहाँ जा धमका।

8

खाऊँ पाड़ूँ मानस की सी बाँस

करण की माँ बचपन में उसके भाई बहनों को एक चुड़ैल की कहानी सुनाया करती थी। कहानी कुछ इस प्रकार होती थी। एक चुड़ैल थी। वह अकेली जंगल में रहा करती थी। जब कभी कोई इंसान उस जंगल से गुजरता तो वह चुड़ैल उसे खा जाया करती थी। किसी तरह उसने एक लड़के को जन्म दे दिया। उसके साथ खेलने वाला कोई न था। वह लड़का जैसे–जैसे बड़ा होने लगा उसके मन में जंगल से बाहर की दुनिया देखने की इच्छा बलवती होने लगी। एक दिन इसी धुन में वह जंगल से बाहर निकल गया। उसने नजदीक के बागीचे में कुछ बच्चों को रंग बिरंगे कपड़े पहने उछलते कूदते खेलते देखा। वह मंत्र मुग्ध होकर उन्हे खेलते देखता रहा। उसे यह बहुत अच्छा लगा। अब वह अपनी माँ की नजरें बचाकर रोज उस बागीचे की तरफ जाने लगा तथा धीरे–धीरे उनके साथ खेलने लगा।

एक दिन उसके दोस्तों ने उससे पूछा, "तुम कहाँ रहते हो।"

लड़के ने जंगल की तरफ इशारा कर दिया।

बच्चों को यह जानकर बड़ी हैरानी हुई कि वह जंगल में रहता है। अतः पूछा, "वहाँ तो जंगली जानवर रहते हैं, तुम्हे डर नहीं लगता?"

"नहीं।"

"तुम्हारे साथ और कौन रहता है?"

"मैं और मेरी माँ बस।"

उसके शब्द सुनकर सारे बच्चे बहुत आश्चर्य करके एक दूसरे का मुँह ताकने लगे। किसी को विशवास ही नहीं हो रहा था कि वे दोनों अकेले उस बीयाबान जंगल में रह रहे होंगे। लड़के की बात में कितनी सच्चाई है जानने ले लिए उसके दोस्तों ने उससे कहा, "अपना घर दिखा सकते हो?"

पहले तो लड़का कुछ झिझका परंतु अपना हिसाब लगाकर बोला, "ठीक है जिसको मेरा घर देखना हो वह कल दोपहर के बारह बजे इसी बागीचे में आ जाना।"

असल में उसने हिसाब लगाया था कि दोपहर में बारह बजे उसकी माँ घर छोड़कर जंगल में खाना ढूढने जाती है और लगभग दो घंटे बाद लौटती है। इस दौरान वह अपने दोस्तों को अपना घर दिखाकर वापिस बागीचे में छोड़ आएगा। अन्यथा अगर उसकी माँ ने किसी को देख लिया तो वह एक दो को खाए बिना मानेगी नहीं। लड़का बच्चों को अपने प्रोग्राम के मुताबिक लिवा लाया।

दुर्भाग्यवश उस दिन चुड़ैल जल्दी ही घर लौट आई। अपनी माँ को दूर से आते देख लड़का भयभीत हो उठा। अब क्या होगा। उसके दोस्तों ने भी देख लिया था कि कोई चुड़ैल उनकी तरफ आ रही है। लड़के ने सभी को हिदायत दी कि अगर मौत से बचना है तो चुपचाप साथ वाले छप्पर में जाकर दुबक जाऔ जिसमें हड्डियों का ढेर लगा है। क्योंकि चुड़ैल वहाँ कभी

नहीं जाती। जान किसको प्यारी नहीं होती। सभी बच्चे चुपचाप उस बदबूदार छप्पर में जाकर दुबक गए। चुड़ैल खाना जमीन पर रखकर कुटिया का हर कौना सूंघने लगी तथा बोली, खाऊँ पाडूँ मानस की सी बाँस......शूं....शूं.....

खाऊँ पाडूँ मानस की सी बाँस (अर्थात मुझे कुटिया में से मनुष्य की गंध आ रही है कोई मुझे मिल गया तो मैं उसे फाड़ कर खाँ जाऊँगी)

चुड़ैल के लड़के ने अपनी माँ को बहुत समझाया कि वहाँ कोई नहीं है तब कहीं जाकर वह खाना खाकर सोई। उसके सोने पर लड़के ने अपने दोस्तों को उस हड्डी वाले छप्पर से निकाला और वापिस बागीचे तक छोड़ आया। इस घटना के बाद वह लड़का फिर कभी बागीचे में खेलने नहीं आया।

समय व्यतीत होने लगा। लड़का अपनी माँ की संगत में रहते रहते उसके पद चिन्हों पर चलने लगा। एकाकी जीवन जीते–जीते उसने भी वही संस्कार पाल लिए जो उसकी माँ के अन्दर थे। अगर अपने दोस्तों को वह अपनी माँ का घर न दिखाता तो हो सकता था वह हमेशा के लिए उनकी संगत पा जाता और उनके साथ खेल कूद कर व्यसक होने पर एक सज्जन इंसान बन जाता तथा आगे चलकर अपनी माँ की आदतों को भी बदलने में कामयाब हो सकता था। परंतु अब उसे भी अपनी माँ की तरह इंसानों में स्वादिष्ट गंध आने लगी थी जिसके कारण वह भी एकाकी जीवन जीने के लिए मजबूर था।

कहानी सुना कर करण की माँ पूछा करती थी कि बोलो तुम्हें इससे क्या शिक्षा मिलती है तो बच्चे एक साथ चिल्ला उठते थे कि सबसे मिलजुल कर रहो तथा एक दूसरे के दुख दर्द में काम आओ। जैसी संगत रखोगे वैसे संस्कार पाओगे।

इसी प्रकार जैसे एक ठूंठ अपने चारों ओर हरियाली तथा रंग बिरंगे फूलों को महकते सहन नहीं कर सकता परंतु हरियाली हो जाए तो कुछ कर भी नहीं सकता केवल जल भुनकर तथा अपना मन मसोश कर रह जाता है तथा कोई ऐसी युक्ति सोचने लगता है जिससे किसी तरह उन महकते हुए फूलों के पौधों को भी अपनी तरह ठूंठ बना दे। उसी प्रकार एक औरत जो भरे पूरे परिवार से सम्बंध रखते हुए भी एकाकी जीवन व्यतीत करने की इच्छुक हो, उसे तो कुछ वफादार, पालतू प्राणी जैसे इंसानों से ही लगाव रह जाता है।

ऐसे महौल में उसे हँसी मजाक एवं उन्मुक्त विचारों वाले इंसान क्योंकर पसन्द आ सकते हैं।

कुंती जो 12–15 साल पहले अपने भरे पूरे, हँसते खेलते परिवार को तिलाँजली देकर एक एकाकी जीवन व्यतीत कर रही थी आज अचानक उसी पुरानी तरह के हँसी मजाक वाले हंसते खेलते लोगों के माहौल से घिर गई थी जो उसे गँवारा नहीं हो रहा था। उसका इतनी भीड़ देखकर दम सा घुटने लगा था। वह पहले से अपने जीजा जी एवं बड़ी बहन जी से परेशान थी जो शादी के एक सप्ताह पहले ही उसके घर में आ बसे थे। अब अपनी बहन संतोष के भरे पूरे परिवार को तीन दिन तक झेलने मात्र के विचार से विचलित हो उठी। अब कर भी क्या सकती थी। अपने लड़के सागर की शादी तो सम्पन्न करनी ही थी चाहे रोकर करे या हँसकर। परंतु उसने अपने मन में ठान ली कि अब हुआ सो हुआ भविष्य में ऐसा नहीं होना चहिए। इसको अंजाम देने के लिए कुंती ने एक युक्ति सोचकर उस पर अग्रसर होने का मन बना लिया जिससे भूलकर भी इसके बाद उसके मेहमान उसके घर की तरफ रूख न करें।

बात उस समय की है जब करण लगभग आठ वर्ष का रहा होगा। वह अपने एक रिस्तेदार की बारात में कासन–हरियाणा

गया था। मई का महीना था। लू का प्रकोप था। रास्ता धूल मिट्टी से भरा था। खुले ट्रक में होने के कारण वहाँ पहूँचने में ही सभी की नानी याद आ गई थी। बारातियों को खारे पानी में चीनी तथा दूध मिलाकर पीने को दे दिया गया। ऊपर से खाने के साथ सन्नाटा (छाछ–लस्सी जो बहुत खट्टी हो जाती है) परोस दिया गया। बहुत से बाराती इसे झेल न पाए और उनको दस्त लग गए। खैर किसी तरह शादी सम्पन्न हुई और बारात की विदाई हो गई। परंतु यह क्या ! जिस ट्र्क में बारात विदा होकर जा रही थी उस गाँव के लोग एक साथ उस पर पत्थर बरसाने लगे। बाराती बड़ी मुश्किल से अपनी जान बचाकर वहाँ से निकल पाए। करण इस घटना से बहुत अचम्भित था। उसने अपने फूफा जी, श्री मंगू लाल जी से उसका कारण पूछा तो उन्होने बताया कि उस इलाके में यह रिवाज है जिसका मतलब होता है कि अब आए तो आए आगे से यहाँ अपनी शक्ल मत दिखाना।

हाँलाकि वे ठेठ गँवार थे परंतु उन्होने अपनी मंशा साफ जाहिर कर दी थी। कोई लाग लपेट वाली बात नहीं रखी थी।

परंतु कुंती के यहाँ तो बिना किसी के जाने सभी की जड़ों में जहर भरने का काम किया गया। जिससे धीरे–धीरे सब पर ऐसा असर हो कि वे भविष्य में इस तरफ का रूख करने की सपने में भी न सोचें।

कुंती ने अपने चहेते, वफादार एवम् पालतू प्राणी, अशोक तथा सागर को अपने मन की बात समझा दी तथा उस पर अमल करना शुरू करवा दिया।

बड़ों का अपमान

सागर ने शुरूआत करते हुए अपने दोनों मौसा जी को एक मिठाई का डब्बा दिखाया जो वह भाजी के रूप में मेहमानों को बाँटना चाहता था, "देखना मौसा जी कैसा रहेगा।"

डब्बे में चार बालू स्याही, चार बर्फी, चार मट्ठी तथा एक नमकीन का पैकेट को देखकर करण ने अपना मत जाहिर किया, "यह तो कुछ कम मालूम पड़ता है।"

इस पर अशोक तथा सागर अपने मुखड़ों पर एक कटू मुस्कान लिए और एक दूसरे को देखते हुए, "अच्छा मौसा जी ठीक है कहकर बाहर निकल गए। उनकी यह अदा शिव प्रकाश जी से छिपी न रह सकी। उनके जाने के बाद शिव प्रकाश जी ने करण से कहा, "देखो हमें कितना बेवकूफ समझते हैं।"

"लगता तो मुझे भी है।"

इतने में बाहर से आकर सागर ने अपने कम्प्यूटर में एक तस्वीर दिखाते हुए शिव प्रकाश जी से कहा, "देखो मौसा जी हम भाजी का डब्बा ऐसा दे रहे हैं।"

हाँ ये अच्छा भरा–भरा सा लगता है कहकर उन्होने अपनी शंका मिटाने को पूछ लिया, "तुमने पहले वह खाली सा डब्बा क्यों दिखाया था।"

अपने चेहरे पर वही कटू मुस्कान लिए, "बस यूँ ही। मम्मी जी कह रही थी कि वही ठीक रहेगा।"

"जब मम्मी की वैसी सलाह है तो तुम क्यों बदल रहे हो?"

इस पर अशोक व सागर दोनों ही..ही..करते हुए अन्दर कमरे में चले गए तो शिव प्रकाश जी ने एक बार फिर अपने मन की कह दी, "भाई साहब ये बच्चे हमारी हैसियत खाली डब्बे वाली समझते हैं।"

कोई बखेड़ा न खड़ा हो जाए यह सोचकर करण ने अपने साढू को सांत्वना देने के लिए कहा, "भाई साहब शांत रहना। दो दिनों की और बात है। फिर ये कहाँ और हम कहाँ।"

"नहीं नहीं मैं भी किसी से कहाँ कुछ कहने जा रहा हूँ। मैं तो इनकी दिमाग की संकिर्णता को दर्शा रहा हूँ।"

अगले दिन एक रिक्शा वाला तीस पैकेट उतार गया। लगता था उनमें कुछ उपहार थे। पूछने पर पता चला कि वे सागर अपनी तरफ से मेहमानों में बाँटेगा। अमूमन साले की शादी में उसके जीजा जी द्वारा ही उपहार देने का प्रचलन है। और इसको निभाने के लिए मनोज जी उपहार ले आए थे। वैसे भी उपहार के बारे में जीजा साले में वार्तालाप हो चुकी थी।

"जीजा जी उपहार महंगा नहीं लाना।"

"कितने तक का ले आऊँ?"

"यही कोई 100–150 के बीच का बस इससे अधिक का नहीं लेना।"

"ठीक है मैं देख लूंगा।"

अब शायद मनोज जी को नीचा दिखाने के लिए बिना किसी को बताए सागर ने अपना उपहार 200/- रूपये के लगभग का मँगा लिया था। परंतु जब उसने मनोज जी द्वारा लाया उपहार खोलकर देखा तो देखता ही रह गया। वह बिजली की हल्की वाली प्रैस थी जिसकी कीमत लगभग 350–400 रूपये से कम न होगी। सागर खिसियाकर केवल इतना ही कह सका, "जीजा जी इतने महंगे तौफे की क्या जरूरत थी।"

"जरूरत तो थी परंतु अगर पहले से तू बता देता कि तू भी उपहार दे रहा है तो मैं न लाता।"

सागर कोई उत्तर न दे सका परंतु उसके चेहरे के भाव बता रहे थे कि वह मात खा गया था।

घुड़चढी का समय आ गया था। मनोज जी द्वारा सागर को तैयार किया जा रहा था। जब वह तैयार हो गया तो मनोज जी को एक बार फिर नीचा दिखाने की नियत से बोला, "जीजा जी, जूतियाँ तो पहना दो"।

"साले साहब आज का दिन तुम्हारा है। जो कहोगे करूंगा परंतु घुड़चढी से पहले नेग तो सारे पूरे होने चाहिए।"

"अब क्या रह गया", सागर ने मुस्कराते हुए पूछा।

"माँ का दूध पीना", कहकर मनोज जी ने अपनी मौसी को बुलाने के लिए जोर से एक आवाज लगाई, "मौसी जी जरा जल्दी आना।"

जीजा यह क्या करते हो कहते हुए सागर बगलें झाकने लगा तथा अपने आप फटाफट जूतियाँ पहन ली। एक बार फिर सागर दूसरे को नीचा दिखाते–दिखाते खुद मात खा गया था।

सागर की घुड़चढी घोड़ी पर चढने के बजाय कार में बैठकर की गई क्योंकि बैंड बाजे वाले ने जमुना पार घोड़ी भेजने से मना कर दिया था। यह किसी और से काम न कराने का नतीजा था।

मन्दिर से बारात सीधी विवाह स्थल पर जानी थी। शादी में अच्छनेरा से दिनेश जी तथा डौली भी आई हुई थी। उनके यहाँ लड़के का कुआँ पूजन था। उन्हें उसके कार्ड भी बाँटने थे। उनकी अपने साढू किशन से अनबन चल रही थी। दिनेश जी एवं डौली के कहने से करण ने किशन एवं स्नेह से उनका समझौता करवा दिया।

बारातियों को ले जाने के लिए चार गाड़ियों का इंतजाम था। दिनेश जी अपनी गाड़ी में चले गए। जब करण तथा किशन मन्दिर से बाहर आए तो सब गाड़ियों में बैठ चुके थे। इतने में बिजली की कौंध की तरह अशोक आया तथा किशन का हाथ पकड़ कर ले गया। उसके बाद अशोक ने अपनी गाड़ी स्टार्ट की और पलक झपकते ही औझल हो गया। उसके पीछे–पीछे दो और गाडियाँ अंतर्ध्यान हो गई। करण की कुछ समझ नहीं आया कि क्या हो रहा था क्योंकि किसी और को वहाँ न देखकर

वह सोचने लगा था कि शायद भूल से सब उसे छोड़ गए हैं। वह मनोज जी को फोन मिलाने की सोच ही रहा था कि उसे प्रवीण की आवाज सुनाई दी, "पापा जी यहाँ आ जाओ।

मुझे देखकर आशचर्य हुआ कि उस गाड़ी में शिव प्रकाश जी एवं किशन भी बैठा था। पीछे मुड़कर देखा तो मनोज जी तथा पवन भी खड़ा था। पूछने पर पता चला कि सागर के साथ अशोक, सागर का एक दोस्त तथा माया गई थी। दूसरी गाड़ी में कुंती तथा स्नेह के बच्चे थे। तीसरी में प्रभा तथा उसके बच्चे थे। अपनी गाड़ी हाँकते हुए अशोक कह गया था कि एक गाड़ी जो वहाँ बच गए थे उनको लेने बारात स्थल से वापिस आएगी।

करण ने विचार लगाया कि सागर तथा उसकी मम्मी जी ने मनोज जी को अपने साथ न ले जाकर एक तरह से दरकिनार कर दिया है। दूसरे उन्होने अपने घर आए मेहमानों को वहीं खड़ा छोड़कर अपने जाने की जल्दी करके यह साबित कर दिया कि उन्हें उनकी कोई परवाह नहीं है। शायद वे सबसे पहले पहुँचकर अपना भावभिना स्वागत कराना चाहते थे।

स्थिति का जायजा लेने के बाद करण ने सलाह दी कि वहाँ खड़े रहकर गाड़ी के वापिस आने का इंतजार करने से तो बहुत देर हो जाएगी क्यों न वे सभी प्रवीण की गाड़ी में बैठकर चलें।

शायद मनोज जी भी करण की तरह् अन्दर ही अन्दर अपने को दरकिनार होता महसूस कर रहे थे। इसलिए उन्होने अपनी अलग गाड़ी ले जाने की तैयारी कर ली जिससे शादी के बाद वे वहीं से अपने घर जा सकें।

अतः एक में पवन और मनोज जी बैठ गये तो दूसरी गाड़ी में प्रवीण, किशन, शिव प्रकाश तथ करण थे।

यह तो सर्वविदित है कि जो किसी दूसरे के लिए खाई खोदता है उसमें वह खुद गिर जाता है। कुंती एवं सागर के साथ ऐसा

ही हुआ। वे मन्दिर से, बिना किसी मेहमान की परवाह किए, बहुत खुश होकर सबसे पहले चल दिए। उनके मन में था कि असली बाराती तो वे ही हैं अतः सबसे पहले उनका वहाँ पहुँचना जरूरी था। परंतु वे रास्ता भटक गए और पीछे रह गए। करण जो मन्दिर से आधा घण्टा बाद में चला था सबसे पहले पहुँच गया था।

इससे यह शिक्षा मिलती है कि घर में आए मेहमान को भगवान स्वरूप मानना चाहिए। अगर कोई घर आए मेहमान का निरादर करता है तो उसे भगवान की तरफ से अपने निरादर के लिए तैयार रहना चाहिए। अर्थात 'बन्दा जोड़े पली–पली और राम बडाए कुप्पा'।

खुद का टेहला बिगाड़ने की कला

खैर बहुत से टेलिफोन करने तथा ड्राईवर को हिदायतें देने से कुंती की गाड़ी अपने गंतव्य स्थान पर पहुँच गई। उसने गाड़ी से उतरते ही अपनी निगाह उठा कर देखा तो करण को खड़े मुस्कराता पाया। उसने आव देखा न ताव वह सड़क पर खड़े ही खड़े एक दम भभक कर बिफर उठी,

"मुझे अभी वापिस जाना है।"

"किसी को मेरी कोई चिंता नहीं है।"

"हमारी गाड़ी में कोई मर्द नहीं था।"

"अगर रास्ते में कुछ हो जाता तो क्या होता?"

करण तो पहले से ही जानता था कि कुंती परले दर्जे की ना समझ औरत है। यहाँ भी वह यह नहीं देख रही है कि ऐसा करके वह अपना ही टेहला बिगाड़ रही है। अगर कोई दूसरा व्यक्ति ऐसी कोशिश करता है तो सभी उस पर लानत देते हैं परंतु यहाँ तो खुद माल्किन कर रही थी उसे क्या कहा जाए।

कुंती का विकराल रूप देखकर लड़की वालों को तो जैसे साँप सूंघ गया था। दुल्हे की माँ ही बिगड़ गई है तो आगे क्या होगा यही सोचकर वे परेशान हो रहे थे। परंतु करण ने किसी तरह उन्हें आशवस्त करा दिया तथा सभी आए बारातियों को चाय नाश्ता कराना चालू कर दिया। कुंती अपना मुँह फुलाए एक तरफ ऐसे बैठ गई जैसे किसी मातम में आई थी।

अभी माहौल में रौनक लौट भी न पाई थी कि स्नेह अपनी गाड़ी से उतरते ही बहुत गुस्से तथा ऊँची आवाज में चिल्लाई, "ये टिंकू का बच्चा है। उसने ही पीने पिलाने के लिए इन्हे (किशन को) हमारी गाड़ी से उतार लिया था।"

एक बार फिर सभी का ध्यान लड़के वालों कि तरफ केंद्रित हो गया था। करण को समझ नहीं आया कि यह सब ड्रामा क्यों हो रहा था। उस समय तो करण ने स्थिति को सम्भालते हुए स्नेह को अपने घर जाकर अपनी शंका निपटाने को कह कर चुप करा दिया परंतु चेहरा तो मनुष्य के दिल का आईना होता है जो अन्दर के द्वन्द को दर्शा देता है। अब कुंती तथा स्नेह का चेहरा मिलाप खा रहा था।

नाशता खा पीकर चढत शुरू हो गई। इतना कुछ सहने के बावजूद् करण के परिवार के सभी सदस्य खुश थे। वे बढचढ कर नाचने गाने में हिस्सा ले रहे थे। परंतु कुंती ने अपनी युक्ति तथा सोची हुई चाल के अनुसार एक अनार सौ बिमार की कहावत को चरितार्थ करते हुए अपने यहाँ आए मेहमानों के दिलों में जहर घोलने का काम शुरू कर दिया।

"ऐं चेतना ये टिंकू (प्रवीण) कितना पी आया?"

"अंजू यह मैनेजरों की बारात है। इसमें कूदना फाँदना थोड़े ही अच्छा लगता है।"

"अग्रवाल ऐसे नहीं करते इन्हें कौन समझाए।"

"माया यह प्रवीण ने नाचने की क्या लगा रखी है? घोड़ी को आगे खिसकने ही नहीं देता। इसे आगे से धक्का देकर एक तरफ हटा दे।"

"प्रवीण कह रहा था उनके घर से शादी कर लो। हमें घर थोड़े ही दिखाना है हमें तो भद्र आदमी दिखाने हैं। इन जैसे गँवार नहीं।"

"खुद तो धुत्त है ही हमारी गाड़ी से उतार कर किशन को भी शराब पिला दी।"

"अशोक तो इसकी तरह सड़क पर नाचेगा नहीं और न मैं उसे नाचने दूँ।"

"ये सब यहाँ न आते तो अच्छा रहता। बुलाया नाम को सभी आ धमके।"

"यहाँ तो माल पूए पाड़ रहे हैं मुझे अपने घर बुलाकर घास खिला दी।"

"एक संतोष है, जब से आई है उसे तो ढोलक के सिवाय कुछ दिखाई ही नहीं देता।"

"उन्होने करण से मकान बनवाने के लिए पैसे क्या ले लिए कि वह सबसे कहता फिरता हैं कि उसने मकान बनवाया है वर्ना इनके क्या बसकी था।"

इस तरह की न जाने कितनी ही घर्णात्मक बातें कुंती ने एक–एक करके सभी के कानों में फूंक दी।

पौने दस बजे बारात रायल पैलेस पहुँच गई। आरता वगैरह होने के बाद थोड़ी देर के लिए वातावरण शांत हो गया। अब खेत की रस्म पूरी होनी थी। सभी स्टेज पर बैठे थे। अशोक को दूर बैठे देख करण ने इशारा करके स्टेज पर आने के लिए कहा। किशन भी उसके साथ बैठा था। दोनों में से कोई टस से मस न हुआ। आखिर करण को गुस्सा आ गया। उसने स्टेज

पर खड़े होकर वहीं से झिड़की देते हुए कहा तो किशन तो करण की गड़ी नजरों से सहम कर, आ गया परंतु अशोक पर कोई असर नहीं हुआ। क्योंकि कुंती अशोक को स्टेज पर भेजने की बजाय उसके पास खड़ी होकर उसकी पीठ सहलाने लगी थी। ऐसे लग रहा था जैसे कोई अपने वफादार पालतू प्राणी को शाबाशी दे रहा हो क्योंकि उसने उसके मन की मुताबिक कोई काम कर दिया है।

एक बार तो करण के खून का पारा बढ गया तथा सोचा कि अभी जाकर अशोक के गाल पर दो चपत लगा दे परंतु समय तथा स्थान की गरिमा को बनाए रखने के लिए वह खून का घूंट पीकर रह गया। काम कोई रूकता नहीं परंतु सौहार्दपूर्ण वातावरण में सम्पन्न होने का मजा कुछ और ही होता है। मेजबान का मुखड़ा हमेशा खिला रहे तो मेहमान को प्रफुल्लित कर देता है परंतु अगर मेहमान ही तनाव से ग्रसित दिखाई दे तो मेजबान को मेहमान नवाजी में कोई आनन्द नहीं आता।

सागर की शादी के मंडप में तो नजारा कुछ और ही था। जिनके मेजबान खुश थे उनके मेहमान खुश थे। परंतु जो मेजबान और मेहमान को मिलाने वाली कड़ी थे तथा जिन्हे सबसे ज्यादा खुश होना चाहिए था वे ही सबसे अधिक दुखी थे।

यह पहेली बच्चों में बहुत लोकप्रिय हैं कि 'हम माँ बेटी तुम माँ बेटी चली बाग को जाएँ और तीन निम्बू तोड़कर साबुत–साबुत खाएँ'। इसमें तीन पिढ़ियों का समावेश है। बीच वाली औरत अपने आगे वाली औरत की बेटी है तो उसके पीछे चलने वाली औरत की माँ है। पहेली पूछने के हिसाब से तो वे चार बैठती हैं परंतु रिस्तों के हिसाब से वे तीन ही हैं।

इसी प्रकार कुंती का परिवार रिस्तों की धुरी होने के कारण शिव का मेहमान था और करण के परिवार के लिए मेजबान था

तो शिव के परिवार के लिए मेहमान था। इसीलिए यहाँ लिखा गया है कि जिसके मेहमान खुश थे उसी के मेजबान भी खुश थे परंतु धुरी अर्थात बीच का परिवार खामोश, दुखी एवं चिंता ग्रस्त था।

समारोह की धुरी ही बिमार थी तो समारोह का संचालन कैसे ठीक रहता। वह तो एक तरह से करण की बैसाखियों के सहारे किसी तरह घिसट रहा था।

शादी के मंडप में मुर्दांगी छाई थी। हॉल के तीन अलग–अलग कौनों में तीन बहनें बैठी थीं। तीनों बहनें ऐसी लग रही थी जैसे उनका आपस में कभी कोई सम्बंध ही न रहा हो। सागर जो शाम को तैयार होने से पहले अपने जीजा जी मनोज से चिपका हुआ था अब अपने दोस्तों में मसगूल उन्हें भूल चुका था।

कुंती के मुँह पर तो ताला पड़ ही गया था सागर के लिए भी मेहमान–मेहमान नहीं रहे थे। वैसे भी उसके मेहमान थे ही कितने, मुशकिल से बीस। तब भी बिना किसी की परवाह किए सागर अपने रिस्तेदारों के बिना अपने दोस्तों के साथ खाने पर बैठ गया।

हर पग पर करण को स्थिति सम्भालनी पड़ रही थी क्योंकि उसने शादी का कार्य सुचारू रूप से समपन्न करने का, श्री शिव कुमार जी को, वचन दिया था। स्थिति विस्फोटक न बन जाए इसलिए करण को ही मनोज जी वगैरह को खाने पर बैठने का न्यौता देना पड़ा।

दुल्हन के घर वाले हमेशा डरते रहते हैं कि कहीं कोई त्रुटि न रह जाए जिससे दुल्हे के परिजनों के कोप का भाजन न बनना पड़े। सभी माहौल को पहचान रहे थे। उसी डर की वजह से मेजबान बार–बार आकर करण के सामने हाथ जोड़कर किसी भी गलती के लिए क्षमा याचना कर रहे थे। उनका यह बर्ताव कुंती के लिए आग में घी का काम कर रहा था।

फेरों का समय आया। पंडित जी ने वेदी सजा ली। दुल्हे को वेदी के पास आसन पर बैठने को आमंत्रित किया गया। अमूमन दुल्हा अपने रिस्तेदारों को लेकर ही आसन पर बैठता है परंतु सभी रिस्तेदारों के वहाँ होते हुए भी कुंती ने सागर को अकेले ही वहाँ बैठने का इशारा कर दिया। सागर ने भी अपनी मम्मी की आज्ञा का अनुशरण करते हुए अकेले ही आसन ग्रहण कर लिया।

पण्डित जी ने मंत्रोचारण करने के बीच दक्षिणा माँगनी शुरू कर दी। हाँलाकि करण वहीं पास की कुर्सी पर बैठा था परंतु किसी ने भी उसे सागर के नेग पूरे कराने के लिए नहीं कहा। कुंती अपने पर्स से रूपये निकाल कर पण्डित जी को थमाने लगी। करण को तो अपना काम सुचारू रूप से सम्पन्न करना था अतः माँ बेटे की हरकतों को नजर अन्दाज करके अपने को सयमित करके वह सागर के पास जा बैठा और सारे नेग पूरे करा दिए।

जनवरी का महीना था। सुबह के पाँच बजे थे। सर्दी पूरे जोश में थी। कोहरे के कारण हाथ को हाथ नहीं सूझ रहा था। बारात की विदाई हो चुकी थी। काफिला देहली से नौएडा जाना था। कुंती अपनी चहेतियों के साथ सबसे पहले एक गाड़ी में सवार हो गई तथा चली गई। जो रिस्ते नाते बचे थे वे शादी की विदाई के साथ ही खत्म होते नजर आ रहे थे। करण ने एक बार अपना मन भी बनाया कि यहीं से अपने घर को जाना बेहतर होगा परंतु संतोष ने एक बार फिर अपनी टाँग अड़ाकर सभी को कुंती के घर से ही विदा होने का एलान कर दिया।

दूल्हा दूल्हन लेकर सकुशल अपने घर पहुँच गया। मेहमान विदा होने शुरू हो गए। कुंती, अशोक एवं सागर का दिमाग सातंवे आसमान पर था। कोई सीधे मुँह बात नहीं कर रहा था। करण जल्दी से जल्दी वहाँ से विदा लेकर अपने घर पहुँचना चाहता था। उसे अन्देशा था कि देरी होने से कोई बखेड़ा खड़ा

हो सकता है। हाँलाकि उसके जहन में बहुत से सवाल उठ कर उसे कचोट रहे थे तथा जवाब माँगने को इच्छुक थे परंतु 'नेकी कर कुएँ में डाल' की कहावत के मद्देनजर उसने चुप रहना ही बेहतर समझा।

जिसका डर था वही हुआ। कुंती के घर से विदा लेते समय प्रवीण ने अपने बारे में बात साफ करने के लिए अपनी मौसी से पूछा, "मौसी जी आप मेरे से जो नाराज दिख रही हो, कम से कम मेरी गलती तो बता दो?"

प्रवीण की कोई गलती होती तो मौसी बताती। इसलिए इधर उधर मुँह फेरकर केवल इतना बोली, "कुछ नहीं, कुछ नहीं।"

"तो फिर जब से मैं आपके घर आया हूँ आप मेरे से बात करना दो दूर मेरी और देखना भी मुनासिब नहीं समझ रही। न ही आपने मेरी नमस्ते का कोई जवाब दिया।"

इसका जवाब देने की बजाय कुंती ने सुनकर अपना मुँह कुप्पा सा फुला कर दूसरी तरफ मोड़ लिया।

अपनी मौसी के अपने प्रति ऐसे घृणात्मक रवैये को भाँपते हुए प्रवीण ने अपने दोनों हाथ जोड़ते हुए बड़ी सज्जनता से कहा, "तो मौसी जी आपने जो कपड़े मुझे विदा के रूप में दिए हैं मैं आपकी नजरों में उस लायक नहीं हूँ। जब मैं आपकी नजरों में इस लायक हो जाऊँगा तो अपने आप माँग कर ले लूँगा। तब तक के लिए आप इन्हें अपने पास ही रखिए।"

शायद कुंती को तो इसी बात का इंतजार था। उसे अब जाकर उसकी युक्ति रंग लाती नजर आई थी। उसने एक पल का भी समय व्यतीत न करते हुए जोर जोर से कई उल्टी–सीधी बातें करते हुए प्रवीण के हाथ से सारा सामान झपट लिया।

संतोष के हाथ जोड़कर माँगने पर भी कुंती ने वह सामान वापिस नहीं लौटाया। करण इस ड्रामे की पटकथा जानता था।

इसलिए बीच बचाव के लिए कोई प्रयास नहीं किया और बाहर चुपचाप आकर अपनी गाड़ी में बैठ गया।

यह तो सर्वविदित है कि अगर एक अनार जहरीला है तो उसके दाने भी जहरीले होंगे। और दाने सैकड़ों आदमियों को बिमार करने में सक्षम होते है। कहने का तात्पर्य यह है कि कुंती की संगत में रहकर सागर के अन्दर भी ठूंठपन, अहंकार, गरूर एवं औछेपन का जहर फैल गया था। तभी तो विदा करते समय उसने अपने बड़े भाई प्रवीण को कहा था, "तेरे जैसे रोज हजारों निकालता हूँ।"

उसके अन्दर थोड़ी सी भी इंसानियत होती तो वह कभी नहीं भूलता कि वह उसी आदमी के लड़के को वे शब्द कह रहा है जिसके घर के अथक प्रयासों के परिणामस्वरूप वह इस पृथ्वी पर अवतरित हुआ है।

करण को भी सागर के कहे शब्द बताए गए परंतु समय की नाजुकता को भाँपते हुए वह कुछ नहीं बोला।

इसके विपरीत कुंती यह सोचकर कि वे शब्द प्रवीण ने कहें हैं भड़भड़ाती हुई अन्दर से आई और झगड़ा करने पर उतारू हो गई। परंतु जब बात का खुलासा हुआ तथा उसे पता चला कि वे शब्द प्रवीण की बजाय सागर ने कहे थे तो वह एक दम शांत हो गई तथा सागर को अन्दर जाने को कह कर अपने आप भी अन्दर चली गई।

करण का काम पूरा हो गया था। वह अब भी खुशी–खुशी घर जाना चाहता था। परंतु विदा होते समय एक बार फिर माँ बेटे का व्यवहार देखकर उसका मन ग्लानि से भर गया।

९
चिंतन

अपने घर एकांत में बैठकर करण, सागर की शादी की तैयारियों से लेकर विदाई तक की प्रतिक्रियाओं पर चिंतन करने लगा। वह एक–एक करके उन लाँछनों का विषलेशण करने लगा जो पिछले तीन दिनों में उसके या उसके परिवार के सदस्यों पर थोपे गए थे।

1. कहा जा रहा था कि प्रवीण ने खुद तो शराब पी ही साथ में किशन को जबरदस्ती गाड़ी से उतार कर उसे भी पिला दी।

   यह सरासर गलत इलजाम था। जिस गाड़ी में किशन बैठा था उसमें भीड़ ज्यादा थी। प्रवीण के एक बार कहने से ही वह अपने आप उस गाड़ी से उतर आया था। फिर वह कोई दूध पीता बच्चा तो था नहीं जो उसे गोदी उठाकर लाया गया था। उसे यह भी नहीं पता था कि अशोक ने उसे उस गाड़ी में रास्ता बताने के लिए बैठाया था। जैसा कि बाद में बात बनाई जा रही थी। वैसे भी बालकिशन उस गाड़ी से उतर कर अपने ससुर के साथ

बैठ गया था। करण भी उसी गाड़ी में बैठा था तथा प्रवीण उस को चला रहा था। तब भी यह बात कैसे उड़ी कि दोनों ने पी रखी है। यह करण के परिवार को बदनाम करने की एक सोची समझी चाल नहीं थी तो क्या था? जिसमें स्नेह ने जाने–अनजाने में कुंती का भरपूर साथ दिया।

यह तो सभी जानते हैं कि कमल का फूल किचड़ में उगता है। उसके चारों तरफ बिखरी किचड़ से उसकी महक एवं सुन्दरता कम नहीं हो जाती। किचड़ के लाख कोशिश करने के बावजूद वह किचड़ को अपने उपर नहीं लगने देता। तथा किचड़ से बे–परवाह खिलकर अपनी छटा बिखेरता रहता है। फूलों के प्रसश्कों को वह सम्मोहित तो करता है परंतु उसकी सुन्दरता से जलने वाले भी कम नहीं होते।

2. यह पहले ही तय हो गया था कि बारात जयमाला के स्थान पर रात दस बजे पहुँचनी चाहिए। सागर की घोड़ी रायल पैलेस के गेट पर पौने दस बजे ही पहुँच गई थी फिर भी प्रवीण को दोष दिया गया कि रास्ते भर उसने ही घोड़ी को आगे खिसकने नहीं दिया इसलिए देरी हो गई। कहना न होगा अगर प्रवीण उस बारात में न होता तो बारात की जगह ऐसा महसूस होता जैसे सभी किसी मातम में जा रहे हों। क्योंकि रास्ते भर न तो अशोक ने अपनी बुआ का दामन छोड़ा था न ही बुआ ने उसे घोड़ी के आगे नाचने को उकसाया। शराब न पीने पर भी स्नेह ने अपने आदमी किशन पर लाँछन लगा ही दिया था। अब अगर वह नाचकर अपनी देही तोड़ता तो स्नेह की शंका को आधार मिल जाता। रहे सागर के दोस्त तो वे सागर की अगल–बगल से ही टस से मस न हुए।

मान लो प्रवीण ने पी रखी थी तो क्या उसने किसी के साथ बदतमीजी की थी या किसी को छेड़ा था। उसके बारे में यह किसी ने क्यों नहीं सोचा कि वह अपने में मस्त था तथा परिस्थिति का भरपूर आनन्द ले रहा था।

3. कहा गया था कि यह मैनेजरों तथा पढे लिखों की बारात है। उनकी बारात में ऐसा थोड़े ही चलता है। अगर ऐसा सोचना था तो अपने मेहमानों को बुलाया ही क्यों था। एक तो वे गिने चुने बीस थे। और देखा जाए तो उनमें करण का परिवार ही सबसे अधिक पढा लिखा था। जिस औरत को बी.पी.ओ. और विपरो कम्पनी में फर्क मालूम न हो वह अपने को पढी लिखी बताए तो क्या कोई मान लेगा। रही बात उसके बेटे की तो आजकल के जमाने के हिसाब से तो वह भी कोई खास पढा लिखा नहीं गिना जा सकता। बेशक से करण की पुत्र वधुएँ ग्रहणी थी परन्तु थी तो वे स्नात्कोतर।

   नतीजन कुंती एक कुएँ के मेंडक की तरह टर्र टर्र करके उसकी प्रति ध्वनी को सुनकर अपने एकाकी जीवन में बहार लाने का प्रयास करती है। उसने बाहर की दुनिया देखी कहाँ है। उसे क्या पता कि जिस पर वह दोष थोप रही है वह परिवार उसकी तरह एक नहीं बल्कि सैकड़ों शादियों का लुफ्त उठा चुका है।

4. बात कानों में आई कि जब से संतोष आई है उसे तो बस ढोलक बजाने से ही फुर्सत नहीं है।

   यह तो कुंती बखूबी जानती थी कि उसकी बहन को छोटे से छोटा शोर भी नहीं सुहाता। उसने देखा था कि संतोष अपने पोते के कुआँ पूजन के मौके पर भी ढोलक की थाप को सहन न कर सकी थी। इतने खुशी के अवसर पर भी वह अकेली बन्द कमरे की खिड़की से झाँककर ही बाहर

का नजारा देख रही थी। फिर भी कुंती ने यह कभी नहीं सोचा कि उसे यहाँ आकर ऐसी कौन सी राम बाण दवा मिल गई जो ढोलक की आवाज सुनना तो एक तरफ खुद ही ढोलक बजाने में अपार खुशी का अनुभव कर रही है।

वास्तव में सागर की शादी का संतोष को अपने लड़कों की शादी से भी ज्यादा चाव था। कहते हैं कि अगर कोई इंसान सच्चे मन से भगवान की स्तूति में लीन हो जाए तो उसे दीन दुनिया की कोई खबर नहीं रहती। वह अपने दुख दर्द सब भूल जाता है। उसे तो बस एक ही सूरत याद रहती है, परमेशवर की। उसी प्रकार अपने सबसे छोटे एवं प्यारे बेटे सागर की शादी का खुमार उसके दिलो दिमाग पर ऐसा छाया हुआ था कि संसार का और कोई शोर उस पर हावी होने में असमर्थ प्रतीत हो रहा था। अर्थात संतोष शादी के अपने रंग चाव खुशी–खुशी पूरे करना चाहती थी। इस बात को नजर अन्दाज करके कुंती ने अपना ठूंठपन दिखाते हुए उल्टा अपनी बहन पर लाँछन लगा दिया कि उसे तो ढोलक के सिवाय कुछ सुझता ही नहीं।

5. करण को इस सुरसुरी का भी पता चला कि कुंती यह कहती फिर रही है कि करण अपनी वाहवाही लूटने के लिए यह कहता फिर रहा है कि उसने राघव जी को ऋण दिला दिया वर्ना उनका मकान कभी न बनता।

यह संसार लेने देने की प्रतिक्रिया के कारण ही गतिमान है। बैंक से हजारों करोड़ों के ऋण का लेन देन नित्य प्रति होता है। अगर करण ने अपने किसी रिस्तेदार को ऋण दिला भी दिया तो कौन सा तीर मार दिया। ऋण बैंक ने दिया है तो वापिस भी बैंक में ही जमा हो रहा है। राघव जी के सामने तो क्या सागर की सगाई तक

यह बात उजागर नहीं हुई कि करण ने कभी किसी को ऐसा कहा है कि राघव जी को ऋण उसने दिलवाया था। फिर अचानक शादी पर यह बात कैसे फैल गई।

अगर यह बात सच थी तो राघव जी के सामने ही या उनके बाद अब तक दबाकर क्यों रखी गई। अगर सच झूठ का पता लगाना था तो उनके सामने ही यह बात उजागर करनी थी। चलो अब भी कुछ बात इतनी पुरानी नहीं हुई है अगर करण नें यह बात किसी को कही है तो राघव जी ने कुंती को तो बताई होगी कि वह इंसान कौन है। अब उसको करण के रूबरू करा कर दूध का दूध पानी का पानी कराए तो जानें। क्या कुंती का यह एक और षडयंत्र ही नहीं है अपने ठूंठपन को बरकरार रखने का। उसे कौन समझाए कि केवल हँसने वाले के ही सभी साथी होते हैं रोने वाले के नहीं। रोने वाले का साथ देकर उसको हँसाने का हर सम्भव प्रयास करना तो करण के परिवार जैसा कोई विरला ही होता है।

6. सागर ने यह बात फैलाई कि हमें अपने घर बुलाकर मौसी जी ने मेरी मम्मी जी को घास की सब्जी खिलाई।

कुंती सागर तथा अशोक के साथ करण के घर शादी का निमंत्रण देने आए थे। उस दिन प्रवीण ने अपने पूरे परिवार के साथ अपनी बहन प्रभा के यहाँ संकरात की भेंट देने का प्रोग्राम बना रखा था। उन सब का खाना वहीं था। करण तथा संतोष ने अपने लिए आलू पालक की सब्जी तथा लस्सी बनवा कर रखवा ली थी। प्रवीण घर से निकलने वाला ही था कि वे तीनों आ गए। घर में इतनी जल्दी खाना तो बन नहीं सकता था इसलिए प्रवीण ने होटल से खाना मँगवा लिया। होटल के खाने में प्याज होने की वजह से कुंती को संतोष ने अपने लिए बनवाई छाछ (लस्सी)

तथा आलू पालक की सब्जी कुंती को परोस दी। उसको ही अब उठाया जा रहा था कि उसे घास खिला दी।

ऐसा नहीं है कि कुंती इससे पहले कभी अपनी बहन के यहाँ नहीं आई। वह कई बार दो–दो तीन–तीन दिन उसके यहाँ रूकी भी थी। अगर घास खिलाने वाली बात करनी थी तो बहुत पहले ही उजागर कर देनी थी। अब शादी के मौके पर यह बात उठाने का एकमात्र तात्पर्य आगे से रिस्ता कायम न रखने के ध्येय से प्रेरित केवल एक और कार्य मात्र हो सकता था।

ये सब बे–सिर पैर की बातें जानकर करण के हृदय में कुंती के आचरण के प्रति कोई पश्चाताप, घृणा, द्वेष, गुस्सा इत्यादि का कोई संचार नहीं हुआ क्यों कि वह पहले से ही उसके ऐसे व्यवहार के सत्य से वाकिफ था।

करण को उसके परिवार के प्रति कुंती की बगावत का बिगुल बजने का आभाष तो सागर की सगाई पर जाते समय ही हो गया था जब कुंती अपने भतीजे के परिवार एवं सागर के साथ अपनी गाड़ी में सवार होकर चल दी थी तथा करण को बेजान सामान की तरह दूसरी गाड़ी की डिक्की में बैठा दिया गया था। क्या राघव के साथ ऐसा वर्ताव किया जा सकता था या राघव करण के साथ ऐसा आचरण कर सकता था? कभी नहीं। यह करण के प्रति कुंती द्वारा अपमान करने की शुरूआत थी। परंतु इस अपमान के बाद भी करण सागर की शादी को सुचारू रूप से सम्पन्न कराने के लिए कटिबद्ध रहा। अन्यथा उसकी जगह अगर कोई और होता तो उसी समय अपने रिस्तों का अंत कर देता।

एक बार को यह तो माना जा सकता है कि ममत्व में बहकर सागर ने अपनी माँ के रूष्ट होने पर उसका अनुशरण किया होगा परंतु उसमें भी अपने को बुद्धिमान समझने वाले सागर ने

बिना कारण का विशलेषण किए अपनी माँ का अनुशरण करने में कोई बुद्धिमता तो दिखाई नहीं। बल्कि अपना अहंकार, गरूर तथा औछापन प्रदर्शित कर दिया। वह तो, उसके अनुसार, उन गँवार आदमियों से भी बदतर निकला जिन्होने उसके प्रति अपनत्व का इजहार करके अपने व्यापारिक संस्थानों को तीन दिन के लिए बन्द रखा था।

महाभारत में दुर्योधन द्वारा कर्ण को अंग देश का राजा घोषित करने के बाद वह सदा के लिए दुर्योधन का हितैषी तथा वफादार बन गया था। कर्ण दुर्योधन के बारे में यह जानते हुए भी कि वह अधर्म का साथ देकर गलत रास्ते पर अग्रसर है उसके खिलाफ नहीं गया। उसने मरते दम तक दुर्योधन का साथ नहीं छोड़ा था। कर्ण के लिए तो दुर्योधन ने कुछ त्याग किया था और उसी के वशीभूत कर्ण दुर्योधन का ऋणी हो गया था। परंतु यहाँ अशोक न जाने क्यों करण से भी अधिक वफादार एवं पालतू बना हुआ था। उसने अपने माँ बाप को भी त्याग रखा था।

पहली बार जब अशोक अपने माँ बाप से सम्बंध विच्छेद करने की जिद लगा बैठा था तो करण ने उसे समझाने की लाख कोशिश की कि माँ बाप से बढकर, खासकर माँ से, इस संसार में कुछ नहीं होता। अतः उसे माँ का त्याग किसी भी सूरत में नहीं करना चाहिए। परंतु कुंती द्वारा उसके उपर हाथ फेरने मात्र से उस पर कुछ ऐसा जादूई असर होता कि वह कुछ न कर पाता। इस तरह वह सदा के लिए अपनी माँ के आँचल के तले मिलने वाले ममत्व के आभाष से वंचित रह गया। हाँलाकि एक माँ अपने बच्चे का बुरा कभी नहीं चाहेगी फिर भी अप्रत्यक्ष तौर पर वह सुख शांति के लिए आजिवन तरसता ही रहता है। शायद यही वजह रही होगी कि अशोक अभी तक एक खुशहाल जीवन जीने के लिए लालायित है।

करण ने अशोक की यह सोचकर कई बार हर तरह से सहायता की थी कि वह घर से बाहर रह रहा है। उसे कभी किसी बात के लिए दुतकारा नहीं परंतु वह भी शादी के मंडप में करण की बे–इज्जती करने में हिचकिचाया नहीं। करण को इस बात का मलाल तो हुआ परंतु अपने मन को यह सोचकर समझा लिया कि जो व्यक्ति कुंती के लिए अपने माँ बाप का न हो सका वह और किसी का कैसे हो सकता है।

कुंती से तो करण को पहले से ही अच्छे आचरण की उम्मीद नहीं थी फिर भी उसे इतना भरोसा था कि वह अपने टेहले में ऐसा नहीं करेगी जिससे उसके घटिया आचरण का पर्दाफाश हो। परंतु उसका वह विशवास भी धराशाही हो चुका था।

संतोष जो दो तीन वर्षों से मनोवैज्ञानिक दृष्टि से बिमार चल रही थी और अब ठीक होने के कगार पर थी, तभी तो उसने ढोलक की थाप को सहन कर लिया था, कुंती के व्यवहार ने उसे झकझोर कर रख दिया। अपने घर आते–आते उसकी हालत पहले जैसी खराब हो गई और वह बदहवास सी बिस्तर पर लेट गई। उसने पहले की तरह खाना पीना, हँसना बोलना छोड़ दिया। उसका सिर दर्द असहनीय हो उठा तथा बार–बार रोना शुरू कर दिया। करण के तीन साल देखभाल एवं दवा कराने से संतोष को जो स्वस्थ लाभ हुआ था वह इन तीन दिनों के उत्सव ने बर्बाद कर दिया था। वह पहले से भी बदतर स्थिति में पहूँच गई थी। संतोष रोते–रोते बड़बड़ाने लगी, "प्रवीण को थोड़ा संयम रखना था। चाहे उसका कसूर था या नहीं। सब कुछ निबट गया था। चुपचाप आ जाता। मैनें शीतल के लिए रोटी कराए में देने के लिए पूरी तैयारी कर रखी है। उसके गहने व कपड़े लाकर रखे हैं। वे अब कैसे दिए जाएँगे, उसके पास कैसे पहूँचेंगे।"

अपनी पत्नि को सांत्वना देने के लिए करण ने समझाया, "पहले रोटी कराई का सन्देशा तो आने दो फिर चलेंगे।"

"अब वह सन्देशा देगी ही नहीं।"

"क्यों उसकी तुम्हारे से तो अनबन नहीं हुई?"

"फिर भी वह नहीं बुलाएगी।"

"देखते हैं। समय तो आने दो।"

यह सोचकर कि शायद अपनी बड़ी बहन से बात करके उसका मन शांत हो जाए संतोष ने कहा, "अच्छा मैं जीजा जी तथा अपनी बड़ी बहन से बात करना चाहती हूँ।"

"क्यों नहीं, अभी कराता हूँ", कहकर करण ने उनका फोन मिला दिया।

संतोष ने बात करना शुरू किया, "बहन जी नमस्ते।"

"नमस्ते, ठीक तो है?"

संतोष ने सीधा प्रश्न किया, "क्या आप यहाँ एक दिन के लिए आ सकती हो?"

"नहीं अब तो हम कल अछनेरा चले जाएँगे।"

संतोष अपनी बड़ी बहन से मिलकर अपने मन को सांत्वना देना चाहती थी अतः बड़े ही मार्मिक शब्दों में याचना की, "मैनें आपको इससे पहले कभी भी किसी काम के लिए नहीं कहा। आज पहली बार कह रही हूँ।"

"नहीं अब तो नहीं आ सकती।"

जब बहन ने बात नहीं मानी तो बोली, "अच्छा जीजा जी को फोन दो। जीजा जी आप से निवेदन है कि एक दिन के लिए यहाँ आ जाओ।"

"संतो अब तो सुबह हम जाएँगे।"

"मैं पवन को भेज देती हूँ वह अब तुम्हे वहाँ से ले आएगा तथा सुबह यहाँ से स्टेशन छोड़ आएगा।"

"नहीं अब तो जाने दो।"

अपने जीजा जी एवं बहन जी द्वारा उसके अनुरोध को ठुकराने से संतोष के मन पर और भारी आघात लगा। वह फोन को पटक कर धम्म से बिस्तर पर गिर कर फफक फफक कर रो पड़ी।

संतोष को सम्भालना मुश्किल होता जा रहा था। ऐसा लग रहा था कि कुछ ही देर में वह सबके बे–काबू हो जाएगी। किसी के भी समझाने का उस पर कोई असर नहीं हो रहा था। करण दुविधा में था कि वह क्या करे क्या न करे। ऐसी स्थिति थोड़ी देर और बनी रहने से संतोष का दिमागी संतुलन बिगड़ सकने का अन्देशा था। अचानक करण को एक युक्ति सूझी। उसने चुपके से कुंती का टेलिफोन नम्बर मिला दिया परंतु उससे कोई बात नहीं की। कुंती के हैलो कहते ही करण ने टेलिफोन काट दिया। करण की युक्ति काम कर गई। कुंती ने शायद यह सोचकर कि संतोष का फोन अपने आप कट गया है अपना फोन मिला दिया। सबके सामने घंटी बजने पर करण ने यह कहते हुए कि कुंती का फोन आया है उसका फोन संतोष के हाथ में थमा दिया। संतोष को बहुत राहत मिली। जो अब तक बदहवास स्थिति में थी बैठकर आँसू बहाते बहाते बात करने लगी। उसके चेहरे की रंगत बदल गई जैसे किसी ने दम तोड़ते हुए प्राणी को संजीवनी बूटी सूंघा दी हो। शायद संतोष को संतोष हो गया था कि उसकी बहन उससे नाराज नहीं है।

जब संतोष कुछ होश में आई तो बोली, "जी, इस सारे फिसाद की जड़ अशोक है।"

"छोड़ो भी होगा, हमें अब क्या लेना देना।"

"नहीं अब मैं अशोक के पास जाकर पूछना चाहती हूँ कि उसने ऐसा बखेड़ा क्यों किया?"

"छोड़ो भी, वैसे भी वह अभी ग्यालियर गया हुआ है।"

"कोई बात नहीं कभी तो आएगा।"

"जब आएगा तभी चलेंगे तब तक तुम चैन से तथा खुश रहो।"

"नहीं मुझे अभी वहाँ छोड़कर आओ।"

"अभी वहाँ जाकर क्या करोगी?"

"मैं उनको कोई तकलीफ नहीं पहुँचाऊंगी। मैं अपना बिस्तर भी साथ ले जाऊँगी। खाना भी अपना खाऊँगी। यहाँ तक की पानी भी अपना पीऊँगी।"

सभी घर वालों ने संतोष को लाख समझाने की कोशिश की परंतु उसने किसी की एक न सुनी। आखिर उसी रात संतोष को अशोक के घर छोड़कर आना पड़ा। अशोक के न आने पर हाँलाकि बीच में वे एक बार घर आ गई थी परंतु अशोक के माफी माँगने से ही उनके दिमाग को शांति मिली तथा तभी वे अपना बिस्तर वगैरह उसके घर से उठा कर लाई।

कुंती की तरफ से रोटी कराई का निमंत्रण न आना था और न आया। संतोष के मन में इस बात का मलाल तो बहुत हुआ कि उसकी तरफ से बहू को देने वाला सामान यूँ ही रखा रह जाएगा परंतु उस मलाल की तिव्रता को करण की युक्ति ने काफी हद तक कम कर दिया था। चाहे संतोष इसके कारण कई दिनों तक निढाल सी अवशय रही फिर भी वह बात संतोष की सेहत व दिमागी हालत पर अधिक असर न कर पाई।

जहाँ तक करण को याद है जब से कुंती की शादी हुई थी उसके घर उसका कोई भी रिस्तेदार तीन घंटे से ज्यादा नहीं रूका होगा। उसने अपनी ससुराल, अपने पीहर, अपने रिस्तेदारों यहाँ तक की अपने पड़ौसियों तक से बना कर नहीं रखी थी।

करण को उस दाई की बात याद आ गई जिसने कुंती को गर्भवती होने से पहले ठूंठ कहा था।

वास्तव में ही कुंती ने अभी तक हर मायने में एक जीव होते हुए भी एक निर्जीव ठूंठ की भाँति जीवन व्यतीत किया था। करण ने, यही सोचकर कि कुंती के मुश्किल से बीस मेहमान होंगे जिसमें से दस तो उसके खुद के परिवार के ही बैठते हैं, अपने पूरे परिवार के साथ तीन दिन उसकी खुशी में शामिल होने का मन बना लिया। इससे एक तीर से दो शिकार वाली बात बनती थी। एक तो हँसी खुशी तथा चहल पहल से शादी समपन्न हो जाती तथा दूसरे कुंती अपने ठूंठपन से उभर जाती।

बाद में पता चला कि कुंती के तो रोम–रोम में ठूँठपन समा चुका है। और उसकी छत्रछाया में रहकर उसकी विचार धारा तथा संस्कारों का पूरा असर सागर पर भी छा चुका था। महान आत्माओं का मानना है कि मानव शरीर में कुछ शक्तियाँ तो प्रत्यक्ष हैं तथा कुछ परोक्ष हैं। वास्तविक शिक्षा वही है जो शारिरीक विकास, मानसिक विकास, भौतिक विकास और आध्यात्मिक विकास कराए। अर्थात शिक्षा द्वारा ही एक मनुष्य का पूर्ण विकास हो सकता है। परंतु इन सबसे अलग एक व्यक्ति की सबसे महत्व पूर्ण निधि होती है उसका स्वभाव और उसके संस्कार जो मात्र शिक्षा ग्रहण करने से नहीं पनपते। इन दोनों गुणों पर मनुष्य की संगत बहुत प्रभाव डालती है। इसीलिए कभी–कभी मनुष्य की शिक्षा द्वारा बना उसका उन्नत व्यक्तित्व तथा मानसिक विकास उसकी गलत संगत तथा किसी व्यक्ति विशेष के प्रति सहानुभूति उपजने के कारण नष्ट प्रायः हो जाता है।

तभी तो अपनी मम्मी की तरह अपनी वाणी के प्रहारों से सागर ने अपने गिने चुने रिस्तेदारों से सम्बंध विच्छेद करने में किसी प्रकार की हिचकिचाहट महसूस नहीं की थी। अपनी माँ की तरह वह भी अपने रिस्तेदारों की तरफ से ठूंठ बन गया।

कहते हैं सागर मंथन में जब एक विष का घड़ा निकला था तो देवता तथा राक्षसों में से किसी ने भी उस विष को ग्रहण नहीं किया था। डरावनी स्थिति से सभी को उभारने के लिए भगवान शिव ने उस विष को पीना स्वीकार कर लिया था। विष को पीते ही शिव जी के शरीर में कई प्रकार के विकार उत्पन्न होने लगे। विष के कारण शिव जी के शरीर में इतनी जलन होने लगी कि उनका शरीर काला पड़ने लगा था। इस जलन को शीतलता प्रदान करने के लिए उन्हें शीतल चंद्रमा को धारण करना पड़ा था।

अब देखना यह है कि सागर के अन्दर जमा विकारों को शीतलता प्रदान करने के लिए शिव की जटा से निकली निर्मल शीतल जल की धारा तथा चंद्रमा समान शीतल 'शीतल' क्या युक्ति अपनाती है तथा कैसे विकसित करके बचा पाती है एक और बनते ठूंठ को।

10
ठूंठता का अंत

एक बार करण के जीजा जी ने उससे कहा था कि आपसी संबंधों में नाराजगी या मन मुटाव सदा के लिए बना नहीं रहता। कभी न कभी ऐसी घटना घटती है कि वह आपसी नाराजगी का अंत कर देती है तथा दोनों गुटों के बीच आपसी प्रेम फूट पड़ता है।

उनके ऐसा कहने पर अपने मन में कुंती के परिवार की तरफ से मन में भारी दुविधा के चलते मैनें उनसे प्रश्न किया था, "अगर किसी व्यक्ति की एक ठूंठ की तरह, जिसमें चेतना ही न हो अर्थात जिसकी आदत बन जाए कि वह हर बार गलती करे और फिर अपनी गलती का एहसास भी न करे तब प्रेम भाव कैसे उमड़ेगा?"

इस पर मेरे जीजा जी ने एक साधू की तरह कहा था, "अगर आपका अहित न हो तो आप उस ठूंठ को हमेशा सींचते रहो। भगवान उसे कभी न कभी हरा कर ही देंगे और वह लहलाते हुए आपका अभिवादन करने को तैयार एवं लालायित हो जाएगा। यह परम सत्य है। इसे ही समय का परिवर्तन या ऊपर वाले का चमत्कार कहते हैं।"

एक दौर होता है उस समय जो कुछ हम करते हैं उसी को आखिरी सत्य मान लेते हैं। हमें लगता ही नहीं कि दूसरे की सुन लेनी चाहिए। इस स्थिति में यह सोचना भी नहीं चाहते कि हम अपनी राह में सही हो सकते हैं लेकिन एक राह केवल वही है यह तो ठीक नहीं है। दूसरे की राह भी तो आजमा कर देख लेनी चाहिए। अपनी गलती न मान कर अपनी बात पर अड़ने का मतलब है अटक जाना और अटका हुआ आदमी ठूंठ के सामान हो जाता है।

तब जब एक वर्ष पहले कुंती ने जो किया था उस पर 'मुझे इस बात का अफसोस नहीं था कि मैं चुप क्यों रहा। बल्कि इस बात का था कि मेरा बेटा (प्रवीण) बोल क्यूं पड़ा था'।

परन्तु इस बात पर गहन विचार करने के बाद इस निष्कर्ष पर पहुंचा कि जिस व्यक्ति का स्वभाव ही बार बार गलती करने का बन गया हो उसे सही राह पर लाने के लिए कभी–कभी सामने वाले का अदब से बोलना भी कारगर सिद्ध हो जाता है। इस सोच के बाद मेरे मन से अपने बेटे के द्वारा अपनी मौसी के प्रति आचरण पर कोई खेद नहीं रहा।

कहा गया है कि अशव सवार ही गिरने का अनुभव जानता है और गिरकर ही उससे संभलना सीखता है। और जब संभलना सीख जाता है तो फिर उसे घुडसवारी में खूब मजा आने लगता है। जिसने घुडसवारी ही न की हो वह क्या गिरेगा। ठीक इसी प्रकार कुछ करने वाला ही गलती करता है परन्तु जो अपनी गलतियों को पहचान कर समय पर उसका निवारण कर ले वही स्वछंद एवं खुशहाल जीवन जी सकता है। अन्यथा कोई कितना भी पत्थर दिल इंसान हो गलती करने वाला अपने को अंदर से दोषी महसूस करता रहता है। और यही भावना उसे ग्लानी और चुभन देती रहती है।

एक वर्ष बीत गया था। इस दौरान करण और कुंती के परिवार के बीच किसी प्रकार का कोई आना जाना नहीं हुआ था। यहाँ तक कि दूरभाष पर भी कोई वार्तालाप नहीं हुआ। उनके साथ साथ अच्छ्नेरा वालों ने भी शायद करण के परिवार से कन्नी काट ली थी। अचानक एक दिन रात को दस बजे के लगभग अच्छनेरा से करण के पास टेलीफोन आया, "आपको कुछ खबर है?"

"किस बात की?"

"नौएडा की?"

"मुझे तो पता नहीं कि वहाँ एक साल से क्या हो रहा है, यह तो आप भी बखूबी जानते हो।"

थोड़ी देर की चुप्पी रहने के बाद करण ने फिर कहा, "वैसे आप से तो उनका विचार विमर्श होता ही रहता है फिर मेरे से आप क्यों ऐसा सवाल कर रहे हैं?"

"नहीं...वो..तो..ठीक है। फिर भी बात ऐसी है कि शायद आपको पहले पता लग गयी हो।"

"नहीं मुझे किसी बात का नहीं पता।"

"पता चला है कि माया की तबियत ज्यादा खराब है।"

"आपको सूचना कहाँ से मिली?"

"अशोक का टेलीफोन आया था।"

"क्या कह रहा था?"

"यही कि माया की तबियत अचानक बिगड़ गयी है और वह अस्पताल में भर्ती है।"

"तो आपका क्या कहना है।"

"उसका पता कर लेते।"

"पता करने की तो कोई बात नहीं है कर ही लूंगा। परन्तु इस समय मेरे पास वहाँ का फोन नंबर नहीं है।"

फिर जैसे करण को कुछ याद आया हो उसने कहा, "वैसे आपके पास उनका नंबर तो है तो क्यों न आप पूछकर मुझे भी सारी स्थिति बता दें।"

इसके बाद टेलीफोन कट गया। जब करण ने संतोष को टेलीफोन के बारे में बताया तो वे बेचैन सी हो उठी। हांलाकि उन्होंने कहा भी तथा उन्हें मलाल भी था कि हम नजदीक होते हुए भी हमें किसी बात की सूचना नहीं है फिर भी मन मुटाव को त्याग संतोष ने करण को अशोक के पास फोन करने को कहा।

करण ने रात के ग्यारह बजे फोन पर अशोक से पूछा, "क्या बात है? पता चला है कि माया की तबियत कुछ ज्यादा खराब है?"

"हाँ फूफा जी उसने आत्म हत्या कर ली है?"

"अब कहाँ है?"

"अस्पताल में है आप आ जाओ।"

"मैं इस समय गुडगांवा में हूँ। पवन कावड़ लेने हरिद्वार गया हुआ है। अतः मैं तो सुबह ही आ पाऊंगा।"

सुबह जितनी जल्दी हो सकता था करण एवं संतोष अस्पताल पहुँच गए। जैसा की ऐसे मामलों में अक्सर होता है। एक दूसरे पर आरोप प्रत्यारोप लगने लगे। गरमा गर्मी भी हुई परन्तु आखिर में लाश को अग्नि के हवाले कर दिया गया। दाह संस्कार करके सब अपने अपने घर को विदा हो गए। अस्पताल तथा शमशान घाट पर सभी मौजूद थे परन्तु वहाँ का माहौल पेचीदा होने के कारण कहो या फिर अभी भी एक ठूंठ की तरह अपने मद में चूर होने से आपस में किसी ने कोई बात नहीं की। इसके बाद

इतना अवश्य हुआ था कि कुंती ने एक बार फोन पर संतोष से बात करने की इच्छा अवश्य जाहिर करी थी। जिससे लगा था कि कुंती के व्यवहार में कुछ परिवर्तन आने के लक्षण नजर आ रहे हैं।

शायद कुंती का विवेक जाग्रत होने लगा था। और विवेक के जाग्रत होने से ही मनुष्य अपने अंदर अपनी की गयी गलतियों के प्रति ग्लानी और चुभन महसूस करता है। फिर विवेक गलती करने वाले के मन में सजगता पैदा करता है। यही सजगता मनुष्य को समर्पण करने को उकसाती है और अगर व्यक्ति विशेष समर्पण करने में कामयाब हो जाता है तो वह ग्लानी और चुभन से मुक्त हो जाता है। मुक्ति मिलने का अर्थ है द्वेष भाव, घृणा, निंदा, अहंकार आदि विकारों का समाप्त होकर प्रेम भाव, प्रसंशा, लगाव, एवं सुखद मेल मिलाप हो जाना है।

समय के साथ कुंती ऐसे दो राहे पर आकर अटक गयी थी जहां से उसके पास अब केवल एक ही विकल्प बचा था। पहले अपनी बातों पर अडिग रहकर वह ठूंठपन का रास्ता आजमा चुकी थी अब तो उसे समाज में जगह पाने के लिए अपनी गलतियों को मान लेना ही हितकर लगने लगा था। करण के विचार से कुंती के इस मानसिक परिवर्तन के कई कारण रहे होंगे।

1. कुंती के लड़के सागर की शादी हो जाने से और सागर के घर मे रहते हुए भी अब उसे सारी रात अकेले ही गुजारनी पड़ती थी। पहले तो वह किसी को, किसी प्रकार तथा कैसे भी अपने बेटे सागर पर हक जमाने या उसकी सहायता करके उस पर एहसान चढाने का कोई मौका नहीं देती थी। वह किसी रिश्तेदार यहाँ तक की अपने पति राघव की परछाई से भी अपने बेटे को बचाकर रखती थी परन्तु अब वह उनके पति–पत्नी के रिस्ते को कैसे नकार सकती थी। रात का अकेलापन उसे काटने को दौड़ता होगा तथा

सन्नाटा उसे अपनी पुरानी करनी का विशलेषण करने पर मजबूर करता होगा।

2. कुंती की पुत्र वधु भी नौकरी करती थी इसलिए कुंती को अधिकतर समय अकेले ही बिताना पड़ता था। उसकी पुत्रवधू गर्भवती भी हो गयी थी। उसे चिंता सताने लगी होगी कि उसके किसी के साथ भी मधुर सम्बन्ध नहीं हैं अतः समय पर उसकी देखभाल कौन करेगा।

3. उसकी एकमात्र वफादार तथा सहारा माया, जो अशोक की पत्नी थी, ने आत्म हत्या कर ली थी इसलिए कुंती के दुःख दर्द को बांटने वाला कोई नहीं बचा था। माया की आत्म हत्या अकेली पड़ रही कुंती के लिए एक बड़ा सबक थी। उसके साथ खड़ा होने वाला कोई नहीं था जबकी ऐसे मौकों पर अपने रिश्तेदारों एवम् सगे सम्बन्धियों की बहुत आवश्यकता होती है जो किसी भी आपत्ति के समय उसकी ढाल बनकर खड़ा हो सके। संतोष ने कुंती से मन मुटाव होने के बावजूद उसके यहाँ जाकर उसे सांतवना दी तथा उसका ढांढस भी बढाया था।

4. सागर की पत्नी शीतल के स्वाभाव को पहचान कर कुंती को यह सोचकर अपने पर ग्लानी होने लगी होगी कि दोनों औरतों के स्वभाव में कितना भारी अंतर है। साथ ही अब सास बहू की आपसी नोंक झोंक को सही या गलत ठहराने वाला भी कोई नहीं था इसलिए कुंती का रवैया अपनी बहू के प्रति भी ठूँठपन अपनाता जा रहा था। दोनों के बीच अंतर्कलह दिन प्रतिदिन बढती जा रही थी।

5. सागर की शादी के बाद कुंती उस पर अपना एकाधिकार खोने से बौखलाहट महसूस कर रही थी। ऊपर से पढ़ी लिखी और नौकरी करने वाली बहू उसकी बातों पर कुछ खास तवज्जो नहीं देती थी।

6. हो सकता है कि उसकी पुत्रवधू शीतल ने बड़ी शीतलता से कुंती को समझाया हो कि उसकी मौसी जी के व्यवहार में उसे कोई कमी नजर नहीं आई है। फिर नाहक क्यों कुंती ने उनसे बिछोह कर लिया तथा कुंती पर कोई जवाब न बना हो। कुंती को खुद यह भी एहसास होने लगा होगा कि उसकी बहन और छोटे जीजा जी ने उसके साथ क्या बुरा किया था जो वह उनके साथ ऐसे पेश आ रही है।

शायद इन्हीं सब कारणों से कुंती के ठूंठ मन तथा आँखों में ग्लानी और पश्चाताप रूपी जल के कारण अपनी बहन के प्रति सुलह और प्रेम रूपी हरी भरी कोंपलें फूटने लगी थी।

खैर कारण कुछ भी रहा हो। बड़े मनुष्य का अपने मुंह से माफी मांगना बहुत मायने रखता है क्योंकि बच्चों को भी माफी माँगने में दिक्कत होती है। शायद जीवन में पहली बार ऐसा हुआ था कि कुंती ने किसी से अपनी गलतियों पर रोते हुए माफी माँगी थी। कुंती का करण, संतोष एवं प्रवीण से माफी मांगना एक करिश्में से कम नहीं था। यही नहीं सागर का अपनी माँ का अनुशरण करना भी एक मिशाल थी।

हालांकि कुंती के अब तक के आचरण के मद्देनजर करण का मन इस बात को नकार पाने में अपने को असमर्थ महसूस कर रहा था कि कहीं कुंती के ये आंसू भी घड़ियाली आंसू तो नहीं क्योंकि उसने ऐसे समय एवं परिस्थितियों में यह सब किया है जिससे मेरे क्या प्रत्येक किसी के मन में भी यही शंका लाजमी उपजेगी।

हुआ यूं कि एक दिन अछनेरा से भैरवी का फोन आया। उसने पूछा, "मौसी जी हैं क्या?"

भैरवी का अचानक अपनी मौसी को याद करना करण को दाल में कुछ काला नजर आया। संतोष मनोवैज्ञानिक दृष्टि से स्वस्थ नहीं रहती है करण ने यही सोचकर कि भैरवी शायद कुंती के साथ घटित पुरानी बातों को कुरेदना चाहती है जिससे संतोष के दिमाग पर बुरा असर पड़ सकता है, कह दिया कि वह घर पर नहीं है।

अगले दिन पार्वती का फोन आया। उन्होंने कहा, "कुंती के पैर की हड्डी टूट गयी है। संतोष से कह देना कि वह उससे मिल आए क्योंकि कुंती संतोष की याद करके रो रही है।"

पार्वती की सूचना पाकर करण सोचने लगा कि आखिर कुंती की तरफ की हर खबर मेरे पास पार्वती की और से घूम कर ही क्यों मिलती है। माया की आत्म हत्या की खबर भी उनके द्वारा ही मिली थी और अब कुंती की सूचना भी वे ही दे रहे हैं। जबकि अशोक, कुंती एवं सागर तीनों के पास भी हमारा सभी का टेलीफोन नंबर है। वे सीधे हमें फोन क्यों नहीं करते। क्या उनकी गलतियों की ग्लानी और चुभन हमें फोन करते हुए उनके गले में अटक जाती है जो हमारे सामने उनकी आवाज को अवरुद्ध कर देती हैं। या फिर वे हम से कोई रिश्ता नहीं रखना चाहते तो पार्वती क्यों हमको उनके बारे में अवगत कराती रहती है।

इतने में सागर का फोन आया। वैसे तो करण उससे बात न भी करता परन्तु जब कुंती के पैर की बात का पता ही चल गई थी तो यही सोचकर कि 'दुःख में अपनों को ही याद किया जाता है' करण ने बात करना ही उचित समझा "हैलो।"

मौसा जी मैं सागर, "नमस्ते।"

"नमस्ते! कहो क्या बात है?"

सागर ने एक ही सांस में कह डाला, "ममी जी के घुटने

की हड्डी टूट गयी है, वे मैक्स अस्पताल नौएडा में भर्ती हैं, कल सुबह आपरेशन होगा, उनकी इच्छा है कि आपरेशन से पहले एक बार मौसी जी से मिल लें।"

करण ने जवाब दिया, "ठीक है मैं बता दूंगा।"

और जब सागर की बात करण ने संतोष को बताई तो उनके भाव ऐसे बदल गए जैसे उनके मन की कोई मुराद पूरी हो गयी हो। काफी देर तक वे हाथ जोड़े भगवान की स्तुति की मुद्रा में खड़ी रही। उनके मुरझाए रहने वाले चेहरे पर नूर निखर आया था। अपनी बहन को दुःख में झूझते रहते जानकर भी संतोष का मुख मंडल खुशी के कारण खिल उठा था। संतोष से अपनी खुशी छिपाए नहीं छुप रही थी।

करण ने उसकी खुशी का राज जानते हुए भी पूछा, "क्या बात है अपनी बहन की दुःख की बात सुनकर भी तुम जरूरत से ज्यादा खुश नजर आ रही हो?"

"आपने बात ही ऐसी बताई है।"

"मैनें तो दुःख की बात बताई है।"

"भगवान ने बिछ्ड़े हूओं को मिलाने का शायद यही रास्ता उचित समझा है।"

"तो क्या तुम......?"

करण की बात का आशय समझ कर संतोष फट से बोली, "हाँ अवश्य मिलने जाऊंगी। जब उसने याद किया है चाहे दुःख में किया या सुख में किया। वैसे भी यह तो प्रचलित कहावत है कि दुःख में सुमरिन सब करें सुख में करे न कोई।"

करण ने एक बार फिर कोशिश करनी चाही, "वो तो ठीक है परन्तु....?"

"परन्तु वरन्तु कुछ नहीं। मेरा असूल रहा है कि अगर कोई याद करता है तो एक बार को सुख में बेशक मत जाओ परन्तु दुःख की घड़ी में अवश्य जाना चाहिए।"

करण ने अपना समर्पण करना ही उचित समझा इसलिए कहा, "ठीक है कल सुबह–सुबह चलेंगे।"

करण के सुबह कहने से संतोष कुछ सोच में पड़ गई। शायद वह सोच रही थी कि सुबह होने में तो अभी बहुत देर है। या हो सकता है कि सुबह कुंती के आपरेशन से पहले अस्पताल में पहुँचने में देर हो जाए और कुंती अपने दिल के हाल मुझे बता न सके। इसलिए उसने सलाह दी, "जी, अभी चलते हैं।"

करण ने घड़ी दिखाकर कहा, "रात के दस बज गए हैं।"

"तब क्या हुआ रात अपनी है।"

करण ने रात को जाने से टालने की कोशिश की, "बाहर ठण्ड़ भी काफी है।"

इतनें में प्रवीन आ गया तथा उसने अपना मत प्रकट किया कि अभी जाना ठीक रहेगा। संतोष के लिए यह सोने पर सुहागा जैसी बात हो गयी। अब दो के आगे एक मत को तो हारना ही था। वैसे सच्चाई यही थी कि मेरी दिली इच्छा भी यही थी कि मैं इस मामले में हार जाना चाहता था। क्योंकि किसी कीमत पर भी मैं संतोष के मन के उफान को दबाना नहीं चाहता था। मैं प्रत्यक्ष देख रहा था कि जो स्वास्थ्य लाभ उन्हें एक साल की दवाई खाने के बाद भी न हो सका था उससे कहीं अधिक लाभ उनको उनकी बहन की दुःख भरी सूचना ने कर दिया था।

अपनी बहन की खबर सुनते ही संतोष उससे मिलने को इतनी बेताब तथा आतुर हो गयी थी कि उसके पैरों से स्थिरता समाप्त प्राय हो गयी थी। ऐसा लग रहा था कि जैसे वह बिना कोई

वक्त गवाएं उड़कर अपनी बहन के पास पहुंच जाने को आतुर थी।

अपने पति को असमंजसता की स्थिति में देख संतोष ने कहा, "सुनो जी, संस्कार हमारी जड़ें हैं और इन जड़ों को मजबूत बनाती है माँ। संस्कारों को एक पीढी से दूसरी पीढी तक ले जाने की वाहक भी बनती है माँ। माँ के गुण बच्चों में साफ देखे जा सकते हैं। बच्चे के दिमाग पर माँ के दिए संस्कारों का बहुत गहरा प्रभाव पड़ता है। इस तरह माँ संस्कारों की एक सीड़ी कहलाई जाती है। परन्तु कभी–कभी माँ की ममता, मन में अपनी संतान को खोने का अनजाना डर और उस पर एकमात्र अपना हक जमाने की लालसा बच्चे को सामाजिक संस्कारों से वंचित कर देती है जिसका खामियाजा माँ–बेटे के साथ–साथ दूसरों को भी भुगतना पड़ता है। ऐसा ही कुछ हमारे साथ हुआ है। परन्तु मेरा विश्वास है कि अब सब पहले जैसा ठीक हो जाएगा।"

अपनी पत्नी की अपनी बहन के पास जाने की आतुरता के सामने करण को हथियार डालने पड़े।

संतोष, प्रवीण तथा करण रात के ग्यारह बजे मैक्स अस्पताल पहुँच गए। दर्द से निढाल कुंती पलंग पर लेटी थी। अपनी बहन को देखते ही कुंती की आँखो से अश्रुधारा बहने लगी। उसने अपनी दोनों बाहें फैला दी। संतोष के पास आते ही कुंती ने उसका हाथ जकड़ कर पकड़ लिया तथा बार बार अपनी गल्तियों का इजहार करते हुए माफी माँगने लगी। इसके बाद कुंती ने करण से तो माफी माँगी ही उसने प्रवीण से भी माफी माँगने में कोई परहेज या शर्म महसूस नहीं की थी।

वह प्रवीण से बोली, "प्रवीण शादी के विदा के दिन मैं कुछ गलत फहमी की वजह से वास्तव में ही तुमसे नाराज थी। अकेले में पूरे प्रकरण पर विचार करने पर महसूस हुआ कि तुम्हारी तरफ

से कोई त्रुटि नहीं थी।" कुंती ने आगे कहा, "बेटा, तुम्हारा सज्जनता से यह कहना कि मौसी जी, आपने जो भेंट मुझे आपने विदा के नाम के दिए हैं मैं आपकी नजरों में उस लायक नहीं हूँ। जब मैं आपकी नजरों में उस लायक हो जाऊंगा तो अपने आप मांग कर ले लूंगा। तब तक के लिए इन्हें आप अपने पास ही रखिए।" मेरे मन को विचलित कर गया था। परन्तु शायद अपने अहंकार वश तथा आदतवश मैं उस समय यह स्वीकार न कर सकी थी। आज मैं हाथ जोड़कर अपनी उस करनी की माफी मांगती हूँ। इतना कहकर कुंती ने विदा की वे भेंट प्रवीण की ओर बढ़ा दी जो उसने वापिस ले ली थी। कुंती को प्रवीण से माफी माँगते देख करण को बहुत अटपटा सा लगा तथा उसने कुंती को ऐसा करने से मना कर दिया। सागर ने भी अपनी मम्मी का अनुशरण करते हुए सभी के चरण छूने में कोई हिचकिचाहट महसूस नहीं की थी।

कुंती के आचरण से भरोसा हो रहा था कि इस बार उसके आंसू घडियाली आंसू नहीं थे बल्कि सत्य में पश्चाताप के आंसू थे क्योंकि ४२ वर्ष में आज पहली बार करण ने देखा था कि कुंती ने किसी से अपने किए पर माफी माँगी थी । फिर भी करण ने भगवान से प्रार्थना करते हुए यही माँगा कि हे परवर दिगार जो मैनें सोचा है वही सत्य हो तथा कुंती एवं सागर के विवेक को जगाए रखना जिससे आज के सुखद मेल मिलाप का अंत न हो। क्योंकि मनुष्य का जागृत विवेक ही उसमें व्याप्त मनुष्यता के ठूंठपन का अंत करने में सक्षम है।